KB154334

삐딱한게 어때서

삐딱한게 어때서

나는 남들과는 조금 다른 길을 결심했다

장수연 지음

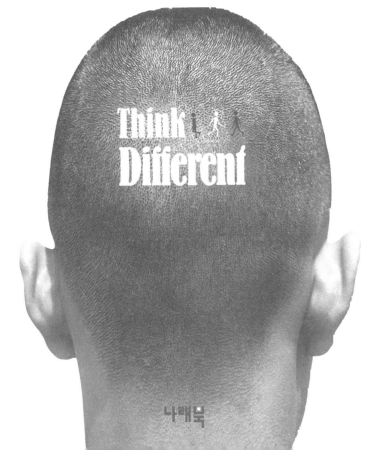

나래북

나는 남들과는 조금 다른 길을 결심했다

아직은 서툰 당신이 아름답다!

그것은 바로 '또 한 번의 기회' 라는 절실함이 묻어 나기에~

가끔은 다른 길을 꿈꾸는 당신에게

선생님이 나에게 또 잔소리한다.

"야. 넌 좀 편하게 학교 다니면 안 되니?"

"…………"

"그냥 편히 학교 다니면 대학은 갈 수 있다니까!"

"…………"

"부모님을 좀 생각해서라도 착실히 학교 다니거라"

"…………"

이미 엉덩이를 50대를 정도 맞은 후였다. 대화하고 때리자니 마음이 약해질까 봐, 먼저 때리고 대화를 하는 걸까. 맞고 났더니 나는 더 오기가 생겨 대답도 안 하고 고개만 숙이고 땅을 쳐다보고 있다. 나만의 소심한 반항이었다. 그 후 나는 더더욱 삐뚤어져 나갔다. 그냥 무조건 삐뚤고 더 삐뚤게 그런 학창 시절을 보냈다. 고등학교 최종 내신을 최하등급 받았다면 대충 짐작이 갈 것이다.

그렇게 20년이 지났지만 난 삐뚤어진 인생을 살고 있지 않다. 오히려 누가 봐도 너무 평범하고 간혹 부러워할 인생을 살고 있다. 경제활동의 기초가 되는 직장도 있고, 누구나 하지만 은근히 어렵다는 결혼도 했고, 토끼 같은 자식도 둘이 있고, 힘들면 같이 소주를 마셔주는 지인들도 꽤 있다. 분명 공부를 안 하거나, 학교를 빠지게 되면 대학도 못 가고 인생의 낙오자가 된다고 배웠는데 나는 전혀 그렇지 않다.

하지만 나 말고도 주위에 삐뚤게 살지만, 행복하게 사는 청춘이 꽤 많다는 걸 알게 되었다.

대전의 한 대학에서 만난 '1인 기업 연구소' 윤석일 소장.

이미 몇 권의 책을 낸 저자이자, 강연하면서 바쁜 일정을 소화하는 청춘이다. 대전 시민대학에서 강사와 수강생으로 만나게 되고, 책을 쓰고 싶어 하는 나의 마음을 이해하고 도와준 사람이다. 알고 보니 서로 같은 동네 주민이다. 서울이나 어디든 몇백 만원씩 주고 배워야 하는 책 쓰기 노하우를 그냥 소주 한잔으로 대신했다. 그것도 개인과외로 말이다. 그러고도 뭐가 그리 좋은지 내가 책 계약했다는 소식에 본인이 더 흥분한다. 자본시장의 규칙을 삐딱하게 가고 있지만 참 행복하게 사는 청춘이다.

"조금 삐딱하면

이상하게 나를 쳐다보네.

조금 삐딱하면

손가락질하기 바쁘네.

훌륭한 사람 착한 사람들이

모든 사람들이

자기들은 바르다고 하네.

늘 하루도 그렇게 저물어 가는데"

강산에 3집의 '삐딱하게'의 가사 일부분이다. 내가 지금까지 살아온 인생의 대부분이 저러했다. 공부를 안 한다고 이상하게 쳐다보고, 대학에서 그냥 놀기만 한다고 손가락질하고, 사회에 나와서는 본인들이 바르고 나는 삐딱하다고 쳐다본다. 하지만 누구도 나에게 바르고 정직한 길을 알려주지 못했다. 아니, 정확히 표현하자면 바르고 정직하다고 알려주는 길들에는 많은 모순이 있었다. 많은 걸 포기하고, 감내하며 얻는 결과물이 나의 자존감 또는 양심을 보상해 주지는 못했다. 그럼에도 불구하고 본인들이 바르고 훌륭하고 착하다고 이야기한다. 오늘도 하루는 어김없이 흘러가는 데 말이다.

우선 이 책을 읽게 된 청춘들에게 참으로 미안하다. 굳이 삐딱하게 가라고 선동하는 책이 아니다. 단지 힘이 들고 무언가 미래가 보이지 않는 청춘들에게 지금 본인의 자리를 점검하고 청춘 스스로 할 수 있는 일을 먼저 찾아보기 위한 책이다. 기성세대를 탓하거나, 사회구조를 탓하고 싶은 생각은 없다. 아직 나의 내공은 기성세대와 사회구조를 논하고 변화시키기에는 턱없이 부족하다. 그래서 미안하다.

　지금까지 삐딱하지만 있는 그대로 나를 지켜준 가족과 친구들, 직장 동료들, 그리고 생면부지 대한민국 청춘들에게 이 책을 바친다. 고맙고 미안한 마음으로……

2015년 7월에

장 수 연

contents

prologue

가끔은 다른 길을 꿈꾸는 당신에게 · 6

CHAPTER 01 대한민국 청춘은 피곤하다

01 정장이 비범한 성공이라니 · 17

02 '오포', '88만 원' 많기도 많은 이름 · 23

03 청춘 노릇도 컨설팅받아야 하나요 · 29

04 아주 가끔은 멋대로 살고 싶다 · 35

05 한 번도 상처받지 않은 것처럼 · 41

CHAPTER 02 청춘은 팔아야 제맛이다

01 팔고, 팔고 또 팔자 · 49

02 인정받고 싶다면 거절해라 · 55

03 직장이 우리에게 주는 것들 · 61

04 홈쇼핑에서 나를 팔아보자 · 67

05 라디오 같은 자기소개는 버려라 · 73

CHAPTER 03 천직 찾기, 해볼 만한 미친 짓

01 코스프레로부터 벗어나자 · 81

02 천직은 데이터가 아닌 발에서 강림한다 · 87

03 꿈과 목표, 같은 말이 아니다 · 93

04 철학 없이 직업을 찾지 말자 · 100

05 청춘의 발밑에서 시작하자 · 105

CHAPTER 04 거인에게 일을 시키는 원동력, 자존감

01 우린 걸음마부터 칭찬을 받았다 · 115

02 대가는 제대로 받아야 한다 · 121

03 가끔은 사치로 나를 사랑하자 · 128

04 과거와 쿨하게 이별해야 뒤집는다 · 133

05 '삐딱하다'라고 한 번쯤 들어보자 · 139

CHAPTER 05 조금은 삐딱해야 하는 인맥 지도

01 눈도장 찍다 세월만 간다 · 147

02 진정한 인맥은 실력과 매력에서 나온다 · 153

03 뒷담화의 유혹에서 벗어나자 · 159

04 튀는 행동과 겸손 사이의 줄타기 · 165

05 인맥의 절대 법칙 "Give & Take" · 171

CHAPTER 06 삐딱한 짓도 생산적으로 하자

01 평생직업인, 샐러던트가 답이다 · 181

02 물음표가 많아야 느낌표가 많아진다 · 188

03 삐딱한 생각이 돈을 버는 시대다 · 193

04 '낯섦'이 가져다주는 즐거움을 찾아보자 · 199

05 끼적끼적하는 메모가 책 쓰기로 진화한다 · 204

CHAPTER 07 청춘을 새롭게 디자인하자

01 내 몸은 내가 닦는다 · 213

02 청춘에 대한 정의를 다시 내리자 · 220

03 나만의 '고유명사'가 필요하다 · 225

04 누구나 끝은 1인 기업가다 · 230

05 청춘은 속도보다 방향이 중요하다 · 235

CHAPTER 1

대한민국
청춘은 피곤하다

삶의 균형을 지탱해주는 청춘의 힘!

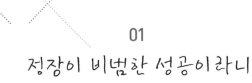

01
정장이 비범한 성공이라니

우리가 요즘 흔하게 듣는 말 중에 하나가 바로 '100세 시대' 이야기다. 이제 평균수명이 100세에 달하는 시대가 온 것이다. 그러다보니 우리가 흔히 얘기하는 청춘이라는 단어조차도 어느 나잇대를 지칭하는지 헷갈리고 있다. 예전에는 30대면 한 집안의 가장이다 보니 중년이라는 수식어가 붙었는데 이제는 청춘이란다. 더 나아가 40대 역시 청춘이라 해도 전혀 어색하지 않다.

청춘이라는 단어는 우리에게 무언가 도전적이고, 희망적인 그리고 나아가서는 불안조차도 즐길 줄 아는 그런 활기찬 느낌을 준다. 하지만 지금은 공무원이라는 안정적인 직장에 열광하는 시대에 청춘이라는 단어는 아파도 당연하고, 힘든 것도 내색하지 않고, 미래를 위해 무조건 희생해야 하는 그런 불쌍한 단어가 되어 버렸다. 한 번쯤 모험 하면 안 되고 한 번쯤 실패하면 더더욱 안 되는 그런 단어 말이다. 하지만 주위를 둘러보면 모험과 실패를 두려워하지 않고 도전하고 즐길 줄 아는 청춘들이 많다. 여기서 즐긴다는 것은 주위를 생각하지 않고 무모하게 본인이 좋다고 마냥 저지르는 사고가 아닌 주위 모두가 인정하는 청춘다운 인생이다.

하지만 이런 도전적인 모험을 즐기는 청춘이라는 단어가 어느덧 '넌 청춘이야'라는 말을 하게 되면 손발이 오그라들고 청춘이라는 단어는 왠지 이제 사용하지 말아야 할 금기어가 되어가는 느낌마저 든다. 그래서 그런지 요즘 세대들 사이에서는 아무것도 하지 않는 것이 오히려 득이 되는 현실을 자조적으로 표현하여 '잉여'라는 단어를 쓰고 있다. 자기들이 잉여 인간이란다. 이 얼마나 슬픈 현실인가. 도대체 잉여 또는 잉여 인간이 어디서부터 쓰이기 시작했는지 백과사전을 찾아보았다.

"알렉산드르 푸시킨이 『예브게니 오네긴 Yevgeny Onegin』(1833)에서 잉여 유형의 인물을 소개한 바 있는데, 인생을 헛되이 보내는 바이런적인 한 청년이 자신을 사랑하는 소녀가 다른 사람과 결혼하도록 방관하고 결투에서 가장 친한 벗을 살해하기에 이른다는 내용의 작품이다. 잉여 인간의 가장 극단적인 예는 이반 곤차로프의 『오블로모프 Oblomov』(1859)의 주인공이다. 그는 게으른 몽상가 귀족으로, 한 번도 직접 방문한 적이 없는 영지의 수입으로 살아간다. 그는 온종일 침대에 누워 언제 일어날까, 그리고 일어난다면 무엇을 할까 궁리하며 시간을 보낸다."

이렇듯 게으르고 더불어 방관하는 인간의 유형을 일컫는 단어가 어느덧 청춘들이 자신을 표현하기에 스스럼없는 단어가 되었을까. 친구들끼리도 할 일 없이 집에 있는 친구에게 '이런 잉여야' 라고 농담을 던질까. 아마도 지금의 사회구조가 이들을 그렇게 만들었으리라 생각된다. 어렸을 적 깔끔한 정장을 입고 출근하는 것과 기름진 작업복을 입고 출근하는 것에 직업 가치를 두고, 대기업에 다니는지 중소기업에 다니는지를 두고 계급을 매겨버리는 교육을 했으니 어쩔 수 없는 현실이라 할 수 있다. 얼마 전 인기리에 방영한 '미생' 이라는 드라마에서 아들의 첫 출근을 도와주는 어머니의 모습으로 정장과 넥타이를 준비해주는 장면이 이를 대변하고 있다. 어느 방송 매체에서도 공장에 취업한 아들의 첫 출근을 위해 안전모를 준비해주고 작업복을 걸어놓고 목장갑을 챙겨주면서 뿌듯해 하는 어머니의 모습은 거의 본 기억이 없다.

하지만 이런 모순된 사회의 모습을 언제까지 수용하고 있을 것인가. 사회의 모순이 보이고 악습이 보이면 사회 구성원이 의식을 바꾸고 행하는 것이 당연한 일이 아닐까. 얼마 전 회사에서 떠난 옛 본부장이 이런 말씀을 해주셨다.

"직장인은 정해진 업무만 하고 일만 하면 안 돼. 항상 공부하고 성장을 해야 해. 직장인이 회사에서 잘릴지 모른다는 불안감을 가지고 회사 눈치를 보고 다니면 절대 성장을 못 해. 언제든지 내가 회사를 잘라버릴 준비를 해야 회사도 성장하고 개인도 성장하는 것이지. 회사가 인력을 감축한다는 것은 그 인력은 잉여 인력이라 그런 거야. 그런 취급을 받지 않으려면 내가 가진 무기가 많아야 하고 그래야 회사 안에서든 밖에서든 인정을 받을 수 있고 떳떳하게 생활할 수 있는 거야."

이러하듯 잉여라는 단어는 취업하지 못하던 직장을 다니던 어느덧 청춘을 대변하는 단어가 되어가는 지금 시점에서, 더불어 정장을 입고 출근하고 안정된 직장을 잡아야 성공이라고 생각하는 시대에 상식을 뒤집어엎는 잉여들이 나타났다. 그것을 영화로 제작하기까지 이르렀다. 바로《잉여들의 히치하이킹》이라는 영화다.

같은 학교 같은 과에 같이 몰려다니는 자칭 '잉여 인간'이라 부르는 4명의 친구는 언제나 늘 영상제작을 위해 같이 잘 뭉쳐 다녔다. 자신들의 학비충당을 위해서 홍보동영상을 제작하고는 했다. 영화학과에 다니던 잉여인간들이 즉흥적으로 내린 결정에 따라 달랑 80만 원만 들고 유럽으로 떠났다. 그들이 하고자 하는 것은 대단한 것이 아니다. 숙박시설 홍보영상을 찍어주고 1년간 숙식을 해결하며 유럽여행을 하고 여행의 막바지에는 유명한 뮤지션의 뮤직비디오를 제작한다는 것이 줄거리이다.

정말로 무모해 보이기도 하다. 아무도 반기지도 알아줄 리 만무한 한국도 아닌 타국에서 그들의 험난한 여정은 시작되었다. 약간의 우여곡절이 있기는 했지만 정말 무모한 결정처럼 보이는 이 프로젝트는 생각보다 쉽게 진행되었고 그들은 파리에 도착했다. 어쨌든 한인민박 대신 현지 호스텔로 범위를 넓힌 후 숙식을 해결할 수 있는 돈의 압박에서 벗어나게 된 그들은 호스텔 홍보영상을 촬영하고 유럽 호스텔의 관심과 함께 일거리가 밀려 들어오게 되었다. 거짓말처럼 모든 상황은 변했다.

영화에 나오는 것처럼 그들이 정말 위기에 닥치고 모든 것이 다 끝났다고 생각되었을 때, 또 다른 기회가 왔다. 자신들의 전공을 살려 호스텔 홍보 영상을 찍고 숙식 제공은 물론 보수까지 받게 되며 그들은 그렇게 본인들의 길을 개척하고 있었다. 대책 없고 한심해 보이던 그들의 무모함과 열정이 결실을 본 것이다. 결국은 이스탄불과 런던까지 그들이 원하는 대로 돈 없이 유럽여행을 하며 영화제작까지 완성하게 되었다.

많은 청춘은 스스로 잉여 인간이라 부르고 그렇게 살아가고 있다. 사회의 취업난과 경제성장을 외치지만 실질성장 마이너스의 세계적인 흐름이 이런 잉여 인간이라는 존재를 만들어냈다. 하지만 이런 시기에 한탄만 하고 시대의 흐름이라며 뒷짐을 지고 있는 기성세대를 거부하고 자기만의 청춘을 만들어가고 사회적인 이슈를 이끌어 냈다는 점에서 참 대단하고 존경스럽다. 아마 이 청춘 네 명은 앞으로 살아가는 데 있어서 불가능은 없으며 잘 다려진 정장을 입고 출근하는 것만이 성공이 아니라는 중요한 경험을 하게 되었을 것이다. 특히 이 네 명 중 한 명은 대학교도 한국예술종합학교로 옮겨서 여행이 끝난 후에도 다큐멘터리를 만들기 위해 본인의 꿈을 이어가는 모습은 참 대단하다. 자신을 잉여라 부르지만, 그 누구도 이들에게 잉여라는 단어를 함부로 쓰지 못할 것이다.

내가 지금 청춘에게 무조건 부딪혀보고 경험하고 여행해 보라고 하는 말이 아니다. 오히려 그런 구태의연하고 무책임한 말이 더 무모한 결과를 가져올 수 있다. 다만 이제 청춘들 스스로 '잉여 인간'이라는 상황을 받아들일 때가 온 것이다. 더는 청춘은 모험하고 경험하는 옛날의 아름다운 향수는 저 멀리 날아갔다. 하고 싶은 일 보다는 해야 하는 일을 해야 하고 미래를 걱정하고 준비해야 하는 게 청춘의 역할이다. 그러나 잉여 인간의 상황은 받아들이지만 스스로 잉여 인간이 되지는 말자. 잉여 인간이 되지 않는 법은 간단하다. 취업을 준비하고 있다면 사회가 정해놓은 좋은 회사만이 성공은 아니며, 직장을 다니고 있다면 남들보다 빠른 승진과 회사에 살아남는 것이 성공이 아니라는 것만 기억하면 된다. 남들이 정해놓은 길, 남들과 비교해서 우월한 것, 결코 그것은 절대적 성공이 아닌 상대적 성공이다. 나만의 절대적 성공을 위해 잉여 인간을 벗어나자.

02
'오또', '88만 원' 많기도 많은 이름들

어렸을 적에 88서울올림픽을 보던 기억이 난다. 한국에서 열리는 최초의 올림픽이라 우리나라 국민의 열기가 대단했다. 그래서 한국이 강했던 레슬링, 양궁 등의 결승 경기가 열리는 날이면 식당이든 슈퍼든 어른들이 다 같이 응원했던 기억이 난다. 선수들의 역전 승부 못지않게 전 국민의 사랑을 받은 장면은 메달 따는 선수들의 인터뷰와 사연이었다. 하나같이 엄청난 고생을 해서 그런지 뼈에 사무치도록 울면서 시상식대에 오르던 모습이 아직도 생생하게 기억난다.

22년이 흐른 2010년 밴쿠버 동계올림픽. 금메달을 목에 건 스피드 스케이팅의 이상화, 모태범 선수는 금메달을 따고서 세러머니로 춤을 추고, 그것도 모자라 수상 소감으로 '그냥 즐겼다' 고 쿨 하게 이야기를 하여 더욱 화제가 되었다.

선수들의 쿨한 모습을 본 언론들은 서울올림픽 전후로 태어나 민주화를 겪고 글로벌 마인드를 가졌다고 해서 '88둥이', 'G(global)세대' 등의 수식어를 안기며 칭찬 일색이었다. 그랬던 그 세대의 청춘들이 이제 사회에 발을 딛게 되자 다시 다른 수식어를 안기기 시작했다. 바로 '오포 세대', '88만 원 세대' 등의 이름이 어느덧 청춘을 대변했다. 얼마 전까지 '88둥이'들은 모두 글로벌하고 자기 일을 즐길 줄 안다고 얘기하더니 이제는 모든 걸 포기하고 비정규직 월급에 해당하는 88만 원의 틀로 그들을 가둬버리기 시작했다. 삼포(연애, 결혼, 출산)도 억울한데 거기에 인간관계와 내 집 마련까지 합쳐져 다섯 가지를 포기하며 살라고 한다.

나는 너무 궁금했다. 아무리 언론의 자조적인 표현이라 하지만 언제부터 사회가 청춘에게 포기라는 단어를 이렇게 함부로 사용하게 되었는지, 아니 더 나아가 포기라는 단어를 왜 청춘에게 남용하게 되었을까? 한편으로는 사회현상에 빗댄 신조어로 지금 살고 있는 청춘에게는 아무 책임이 없는가? 왜 당연하듯 사용하고 있는가 말이다.

밴쿠버올림픽과 맞물려 그때 당시 내 뒤통수를 후려쳤던 하나의 기억이 생각난다. 그 시기는 내가 회사에 몸 바쳐 일하고 있을 2010년으로 거슬러 올라간다. 생전에 알지도 못했던 'K대 김예슬' 학생을 대자보로 만나보게 되었다. 제목은 〈오늘 나는 대학을 그만둔다. 아니 거부한다.〉이다. 오해의 소지가 있어서 전문을 그대로 옮겨 보았다.

『오늘 나는 대학을 그만둔다. G세대로 '빛나거나' 88만 원 세대로

'빛내거나', 그 양극화의 틈새에서 불안한 줄타기를 하는 20대. 무언가 잘못된 것 같지만 어쩔 수 없다는 불안에 앞만 보고 달려야 하는 20대. 그 한가운데에서 다른 길은 이것밖에 없다는 마지막 믿음으로. 이제 나의 이야기를 시작하겠다. 25년 동안 긴 트랙을 질주해왔다. 친구들을 넘어뜨린 것을 기뻐하면서. 나를 앞질러 가는 친구들에게 불안해하면서. 그렇게 '명문대 입학'이라는 첫 관문을 통과했다.

그런데 이상하다. 더 거세게 채찍질해봐도 다리 힘이 빠지고 심장이 뛰지 않는다. 지금 나는 멈춰 서서 이 트랙을 바라보고 있다. 저 끝에는 무엇이 있을까? '취업'이라는 두 번째 관문을 통과시켜 줄 자격증 꾸러미가 보인다. 다시 새로운 자격증을 향한 경쟁 질주가 시작될 것이다. 이제야 나는 알아차렸다. 내가 달리고 있는 곳이 끝이 없는 트랙임을.

(중략)

큰 배움도 큰 물음도 없는 '대학(大學)' 없는 대학에서, 우리 20대는 투자 대비 수익이 나오지 않는 '적자 세대'가 되어 부모 앞에 죄송하다. 젊은 놈이 제 손으로 자기 밥을 벌지 못해 무력하다. 스무 살이 되어서도 꿈을 찾는 게 꿈이어서 억울하다. 이대로 언제까지 쫓아가야 하는지 불안하기만한 우리 젊음이 서글프다. 나는 대학과 기업과 국가, 그리고 대학에서 답을 찾으라는 그들의 큰 탓을 묻는다. 그러나 동시에 이 체제를 떠받쳐 온 내 작은 탓을 묻는다. 이 시대에 가장 위악한 것 중에 하나가 졸업장 인생인 나, 나 자신임을 고백할 수밖에 없다.

그리하여 오늘 나는 대학을 그만둔다. 아니, 거부한다. 더 많이 쌓기만 하다가 내 삶이 시들어 버리기 전에. 쓸모 있는 상품으로 '간택' 되지 않는 인간의 길을 '선택' 하기 위해.

(중략)

이제 대학과 자본의 이 거대한 탑에서 내 몫의 돌멩이 하나가 빠진다. 탑은 끄떡없을 것이다. 그러나 작지만 균열은 시작되었다. 동시에 대학을 버리고 진정한 大學生의 첫발을 내딛는 한 인간이 태어난다. 이제 내가 거부한 것들과의 다음 싸움을 앞에 두고 나는 말한다. 그래, "누가 더 강한지는 두고 볼 일이다."

자발적 퇴교를 앞둔 K 대학교 경영학과 3학년 김예슬』

결국 이글의 요지는 고등학교 입시부터 대학교 3학년까지 본인의 길을 돌아보고 사회구조 및 현실에 대한 부조리를 꼬집고, 이를 비판하기 위해 자발적 퇴교까지 하게 된 것이다. 이 학생의 글에는 자기 의지가 보인다. 본인이 생각하고 본인이 결정하는 그 의지 말이다. 혹자는 또 다른 스펙 쌓기라 평가했지만, 대학(大學) 없는 대학에서 투자 수익이 나오지 않는다며 부모님께 죄송하다는 표현 자체가 나를 부끄럽게 만들었다.

지금 청춘들은 대학을 다니면서 또는 대학을 다녔을 때 부모님께 죄송한 마음이 있었을까. 그냥 우리 청춘들이 공부한다는 이유만으로 생각 없이 '부모님의 자본' 을 너무 쉽게 사회에 넘겨주지 않았을까.

나는 이글을 처음 접하고 정말 머리가 멍해졌다. 내가 하릴없이 술잔을 기울이며 대학의 낭만을 즐겼던 나 자신이 한없이 초라해지기 시작했다. 내가 다시 돌아간다 해도 이 학생처럼 문제를 인식하고 이렇게 제기하고 행동할 수 있을까. 지금 이 글을 읽고 있는 전국의 수많은 청춘이며, 취업을 준비하고 있는 청춘들, 취업했다고 회사에 뼈 묻을 각오로 열심히 일하고 있는 청춘들은 아마도 조금은 비겁해진 자신을 느낄 것이다. 하지만 너무 자책하거나 본인이 비겁하다 생각하지 않아도 된다. 위의 글을 쓰고 이를 직접 실행한 학생만이 무조건 잘했다고 볼 수는 없다. 학생의 본분으로 학업에 충실하고 나라와 기업의 초석이 된다면 더할 나위 없이 좋은 일이다.

다만 지금 저 청춘에게 박수를 보내는 이유는 단 하나다. 바로 지금 우리 청춘들이 가져야 할 의식인 '문제 제기'를 행동으로 옮겼기 때문이다. 아마 지금의 청춘들은 모두 알지만 모른 체했을 것이다. 현재의 공교육이 얼마나 무너져 있고, '대학(大學) 없는 대학'을 거친다 해도 만족할 만한 성과를 이룰 수 없다는 것을 말이다. 단지 저런 문제 제기할 시간보다는 누군가에게 '간택'이 되기 위해 더 많은 시간을 쏟는 게 급하다는 것을 알기에 이런 악순환은 끊이지 않는 것이다.

그렇다고 무조건 학교를 나오지 말고 모든 걸 거부하라는 뜻은 아니다. 청춘의 위치에서 본인의 역할은 다하되 '문제 제기'의 소명을 다 해야 한다는 뜻이다. 각종 언론매체에서 떠들어대는 '오포 세대', '88만 원 세대'란 단어가 꼭 우리를 위로해 주는 어감은 받지 못한다. 단지 이 틀 안에 청춘을 가두고 우리가 '포기'를 받아들일 때까지 세뇌하는 느낌을 나는 지우지 못한다. 우리는 모두 이 틀 안에서 벗어나야만 한다. 한마디로 '포기'란 용어를 청춘에 씌우지 말라는 것이다.

언론, 기성세대가 당연하다고 생각하는 단어들을 삐딱하게 보자. 진심으로 위로하는 말인지 자조를 강요하는지 말이다. 그 정확한 의도를 보아야만 진짜 이름을 갖게 된다. 나는 그것을 '청춘의 이름'이라 부르고 싶다. 규정해 버리는 이름을 거부하고 '청춘의 이름' 갖기를 희망한다.

지금 우리에게 필요한 건 '왜 우리가 오포 세대 이어야만 하는가?' 또는 '왜 우리는 88만 원 세대이어야만 하는가?' 라고 문제를 제기해야 한다. 그래야만 포기라는 단어나 88만 원 이라는 이름을 벗어나서 '청춘의 이름' 을 갖게 되는 것이다. 규정을 삐딱하게 바라보고 기꺼이 거부하는 청춘이 되자.

03
청춘 노릇도 컨설팅 받아야 하나요

한때 마이클 샐던 교수의 『정의란 무엇인가』가 유행했었다. 이 책을 따라 해 재미 있는 질문을 해보겠다.

"평소와 다름없이 길을 가다 신호등 앞에서 파란불이 켜지기를 기다리고 있었다. 그런데 아무리 오랜 시간을 기다려도 빨간불은 파란불로 바뀌지 않는 것이다. 걸음걸이로 고작 스무 발자국 정도의 짧은 거리임에도 빨간불이 켜진 상황에서는 쉽사리 건널 용기가 나지 않았다. 아마도 신호등이 고장 나서 파란불이 켜지지 않는 상황으로 보인다. 그렇다면 여기서 과연 우리의 선택은 무엇이 될까? 신호를 무시하고 건널 것인가, 아니면 준법 정신을 발휘해서 다른 길로 갈 것인가. 더불어 무시하고 건넌다면 얼마 만에 빠른 결정을 할 것인가?"

당신이라면 어떻게 하겠는가? 이 내용은 최근에 번역된 『우리는 모두 아나키스트다』라는 책에서 힌트를 얻어 설정했다. 인류학자 제임스 스콧이 본인의 입장을 아나키즘이라는 말로 표현하면서 이 책에 제시한 말이 '합당하지 않은 사소한 법들을 매일 어기도록 하세요' 라고 표현했다. 이 무슨 뚱딴지같은 말일까. 법치국가인 대한민국에서 정의롭고 합리적인 헌법이란 것이 엄연히 존재하는데 법을 어기라니. 아무리 사소한 법이라도 준수해야 하며 이를 어길 시는 정당한 대가를 치른다고 어렸을 때부터 교육받은 우리로서는 전혀 이해가 가질 않는다. 그렇다면 위의 상황을 조금 더 극단적으로 설정하겠다. 답해보자.

"길을 걸어가고 있다. 여기를 꼭 지나쳐야 한다고 가정하자. 그런데 여기 신호등은 빨간불에서 파란불로 바뀌려면 평균 5분 이상을 기다려야 한다. 그런데 이 도로의 교통량은 하루 열 대가 전부다. 즉 내가 지난 3년간 매번 5분 이상을 기다려 봤지만 차가 지나가는 것을 본 적이 없다. 그렇다면 우리는 어떻게 해야 할까? 열 대의 차가 언제 지나갈지 모르니 기다려야 하는 것이 맞을까? 아니면 그동안 3년간 아무 사고도 없었고 지나가는 차도 없었으니 무시하고 건너는 것이 맞을까?"

물론 행정개선에 관심 있는 사람이라면 신호등이 철거되고도 남을 상황이라는 것을 안다. 다만 이런 사소한 법규의 위반이 가져다주는 주체적인 사고를 청춘들이 가졌으면 하는 바람이다. 청춘들의 주체적인 판단력을 말하는 것이다. 준법정신을 발휘하는 선택이든, 사소한 법이라 판단하고 위법을 하든, 모든 선택은 청춘들 스스로가 하는 습관을 길러야 한다는 것을 말해주고 싶다.

지금 청춘에게 이해와 설득 또는 생각할 기회보다 강요와 수많은 것을 포기하라고 말한다. 누군가 만들어 놓은 각종 이념과 제도에서 벗어나지 못하니 말이다. 그 어디에서도 청춘들의 자유와 자발성과 창의성은 찾아볼 수 없다. 지금까지 옳다고 생각하고 따라온 학교라는 제도에서 우리도 모르게 우리를 통제, 훈육하고 이마저 모자라 전문가 집단이라고 일컫는 회사에서도 그들의 제도를 강요하고 있는 것이 청춘의 현실이다. 아마도 청춘들 스스로가 해결하지 못하면 절대 바뀌지 않을지 모른다. 더불어 나이가 사십 대가 넘었다고 이제 본인이 겪어야 할 일이 아니라고 외면하면 본인의 자식들 역시 똑같은 길을 겪게 될 것이다.

청춘 스스로 학습한 내용을 바탕으로 어떤 것이 정의롭고 합리적인 선택인가를 본인의 머리로 준비하고 판단해야 한다. 스스로 선택하고 행동으로 옮길 때 나오는 긴장감과 저항감은 지금의 청춘들을 나날이 발전시켜 줄 하나의 훈련이라는 점을 인지해야 한다. 그리고 이런 훈련을 통해 얻게 되는 수많은 실수가 성공적인 청춘이 되기 위한 밑거름이 되는 것이다. 다시 말해 청춘들은 자기 결정에 대해 실수를 해도 용서받을 수 있는 '면책특권' 이 있다.

면책특권을 줄 만큼 세상은 스스로 생각하라 말하지만, 기업의 입장은 다르다. 수익창출을 해야 하는 입장이라 그런지 이런 수많은 실수를 줄이고 많은 수익창출을 올리고자 외부 컨설팅 업체에 의뢰하여 기업이 가야 할 방향에 대해서 크고 작은 도움을 받는 경우가 많다. 특히 후발 주자의 기업 입장에서는 이미 성공한 기업들의 사례 및 프로세스가 많은 도움이 되는 경우가 있다. 내가 다녔던 모든 직장에서도 크고 작은 일들을 외부 컨설팅 업체의 도움을 받은 경우가 종종 있었다. 미리 실수를 방지할 수 있고 기존의 좋은 프로세스들이 업무에 도움이 되는 경우도 있었다. 그럼에도 불구하고 항상 해결되지 않는 문제점이 있었다. 다른 관점에서 본다면 '생각'을 위임했다고 할 수 있다.

"다 좋은데 우리하고 안 맞는 것도 많아. 우리 일을 직접 해보지 않은 것 같아."

컨설팅을 진행하면서 여기저기 선후배들 사이에서 나오는 대화의 90%를 차지하는 말이다. 유명 컨설팅 업체에서 진행되는 일들이 상당히 좋은 점들이 많다는 것은 안다. 다만 궁극적으로 내가 하는 일을 직접 해보지 않은 상태에서 컨설팅을 해주다 보니 뼛속까지 모든 걸 해결해 주지는 못하는 것이다. 그리고 적용점 차이나 환경의 차이가 존재하다 보니 아무리 좋은 프로세스도 지금 내가 하는 일과 맞지 않는 것이다. 다시 질문을 해보겠다.

'컨설팅 업체가 일을 못하는 것일까? 아니면 우리가 이해를 못하는 것일까?

  정답은 의외로 간단하다. 우리가 잘못 생각하고 있는 것이다. 말 그대로 컨설팅이라는 정의는 어떤 분야에서 전문적인 지식을 가지고 있는 사람이 상담을 하거나 의견을 제시해 주는 행위를 말한다. 이 정의에는 결정이나 결과, 책임이라는 단어가 동반되지 않는다. 즉 결정을 내리고 그 결과에 책임을 지는 것은 우리의 몫이라는 것을 뜻한다. 또한 행동도 본인의 몫이다. 컨설팅 업체는 전문지식을 전수하고 상담하는 존재일 뿐이다. 하지만 수많은 청춘들은 그 누군가가 결정을 내려주고 책임까지 지어주길 바라는 분위기다. 청춘을 거쳐 간 부모님, 학교 선배, 직장 동료 등에게 의견을 구하고 조력을 얻지만 결정과 책임의 몫은 본인인 것이다. 물론 지금과 같이 청춘들이 잔뜩 움츠릴 수밖에 없는 현실에서 컨설팅은 분명 필요한 부분이다. 하지만 그것이 정답이고 그것이 길이라고 생각하는 사고는 고쳐야 한다. 방황하는 청춘들이 나에게 어떤 조언이나 조력을 받고자 수많은 질문을 한다. 미숙하지만 그들에게 청춘 컨설팅을 해주기도 한다. 하지만 컨설팅의 말미에는 항상 똑같은 말을 한다. 나 역시 마찬가지다.

  "선택은 너의 몫이야. 책임도 네가 져야지."

  대학 졸업을 목전에 두고 있는 졸업생 중에는 아직도 본인의 진로 및 적성을 파악하지 못해 고민하는 친구들이 많다. 답답한 마음에 진로컨설팅 업체에 문의도 해보고, 이미 자리를 잡은 선배들에게 조언도 구해본다. 어디 대학생들뿐이랴. 직장을 십수 년 다녔지만, 아직도 회사에 적응하지 못하고 본인이 하고 싶은 일을 찾지 못한 선배 직장인들도 주위에 허다하다. 이들 역시 본인 적성을 알기 위해 컨설팅 업체를 찾고 남모르게 밤새 고민도 많이 한다. 이 글을 쓰는 나 역시 지금 내가 다니고 있는 회사가 진로에 맞는 것인지, 글을 쓰고 싶은 이 욕구가 나의 적성과 부합되는 것인지는 확실치 않다. 하지만 항상 잊지 않고 하는 것이 주위의 조언과 조력, 즉 컨설팅을 받는다는 것이다. 물론 나의 자발적인 선택 때문에 이루어진다. 고로 책임도 나의 몫이다.

우리나라 청춘들이 나에게 "청춘을 사는데 컨설팅까지 받아야 하나요?" 라고 나에게 물으면 나는 항상 "그렇다"라고 할 것이다. 다만 모든 선택과 책임은 본인이 져야 한다는 전제조건이 깔렸지만 말이다.

이쯤 되면 아마 고리타분한 얘기로 들릴지 모르겠지만, 컨설팅을 받고 본인이 결정을 내리는 주체적인 삶이 가져다주는 즐거움은 누려본 사람만이 알 수 있다. 왜 청춘을 사는데 컨설팅도 받아야 하고 내가 모든 걸 결정해야 하는지 말이다.

청춘들은 이것 하나만 기억하자. 신호등! 때로는 안 지켜도 된다!

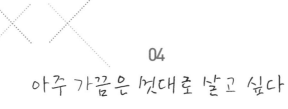

04
아주 가끔은 멋대로 살고 싶다

면접을 본 대학생이 취업에 성공했다.

"우리 회사는 그렇게 빡빡하지 않아, 9시 출근해서 6시에 퇴근하지."
"네, 알겠습니다."

빡빡하지 않으니 자기계발을 열심히 하겠다고 다짐한다. 단정한 정장을 입고 출근한다. 9시 정각, 사장님은 벌써 출근해 계신다. '안 되겠다. 내일부터 30분 일찍 출근해야지.' 오전 6시 반에 일어나 출근 준비를 한다. 오후 6시 정각 '땡' 사장님은 퇴근을 안 한다. 눈치보다 7시쯤 퇴근한다. 대한민국 평균 출퇴근 시간 40~50분. 집 도착 8시. 씻고, 밥 먹고, TV보다 자고, 다시 6시 반 기상, 출근준비. '이런 제길 이렇게 살려고 공부한 건 아닌데'

직장인들의 애환을 담은 만화의 한 장면이다. 그리고 기다리는 건 주말

뿐이다. 마지막에 만화를 그린 작가의 자조적인 한마디! "내가 살고 싶은 삶은 이게 아닌데"

　요즘 '여행 작가'라는 직업이 뜨고 있다. 곳곳에서 여행 작가 수입이 오 픈되고 여행서 쓰는 비법은 물론, 사진 찍는 기술까지 가르치고 있다. 여행 작가 중 떠오르는 유명 작가라면 『파리에선 그대가 꽃이다』의 저자인 손미 나 작가를 꼽을 수 있다.

　대한민국 간판 아나운서로 부러울 것 없는 그녀가 휴직 후 석사학위를 받으며 첫 저서 『스페인, 너는 자유다』를 펴내며 여행 작가로 삶을 변화시 킨다. 또한, 해외 입양을 다룬 『엄마에게 가는 길』을 번역하고, 『누가 미모 자를 그렸나』라는 로드무비 장편소설을 써내 소설가로 데뷔했다. 그녀의 표현대로 '자유의 아이콘'의 삶을 살고 있다. 그저 부러운 삶이다.

　우리가 그녀에게 열광하는 건 멋대로 살기 때문이다. 멋대로 사는 삶을 누구나 부러워한다. 그녀는 틀에서 벗어나 마음껏 삶을 즐긴다. 하지만 우 리에게 벗어나는 일은 쉽지 않다.

　틀 하면 어린 시절 국어 숙제가 떠오른다. 나는 어렸을 적 국어 숙제가 제일 싫었다. 가로 열 칸 안에 꼬박 글씨를 써내려 가는 작업은 나에게는 너 무나 지옥과 같았다. 글씨를 너무 날려 써서 칸 밖으로 나가고, 때로는 글자 가 부족하거나 넘치기 일쑤였다. 그래서 그때마다 칸이 없는 연습장에 글 쓰는 누나가 부러웠다. 나도 내 맘대로 작게도 쓰고, 크게 쓰고도 싶은데 말 이다. 물론 지금 생각하면 글씨를 처음 배우는 초등학생에게 조금 더 정확하고 예쁜 글씨를 배울 수 있도록 제안된 공책이었을 것이다. 그런데 이것은 시작에 불과했다.

중학교에 올라가니 이제는 교복이라는 것을 입는다. 내 몸에 걸치는 옷조차 이제는 학교에서 정해준 대로 입어야 한다니. 거기에 헤어스타일도 그 당시 '스포츠머리'라는 까까머리를 하고 다니다 보니 뒤에서 보면 하나같이 내 뒷모습을 보고 있는 착각이 들 정도였다. 물론 크면서 더 많은 구속이 나를 기다린 것에 비하면 빙산의 일각이다. 하다못해 식사 메뉴조차도 매너라는 가면 아래 내 마음대로 선택하지 못하니 말이다.

이렇게 우리는 어려서부터 많은 구속감을 느끼며 살고 있다. 어른이 된다고 많이 변하지는 않는다. 대학의 전공 선택이며, 회사에 대한 선택, 심지어는 배우자의 선택조차 주위 사람들의 틀에 신경 쓰다 보니 내 마음대로 선택할 수 있는 것은 거의 없지 싶다. 물론 어렸을 적부터 지금까지 내 마음대로 선택하고, 내 마음대로 하고 싶지만 그런 한국문화는 어디에서도 찾아볼 수 없다는 게 현실이다. 내 삶인데 내 것 같지 않다. 말 그대로 내 인생인데 꼭 남이 대신 살아주는 느낌이 든다. 이런 청춘에게 던진다. 툭!

"쉽지 않다. 그래도 가끔은 멋대로 살아도 좋다. 내가 보장한다."

지구인이라면 누구나 다른 생각, 다른 능력을 갖추고 있다. 그러다 보니 본인이 잘하고 좋아하는 일을 발견하는 것은 자기 인생을 충실하게 살기 위해서 가장 중요시되는 조건 중 하나다. 인생에서 몇 안 되는 이 중요한 조

건을 학교나 가정에서, 또는 회사에서 우리 청춘들에게 잘 알려주지 않는
다. 그냥 슬쩍 넘어가기 바쁘다. 물론 발견할 수 있느냐 없느냐에 대한 확신
은 누구도 가지고 있지 않다. 그리고 찾았다 하더라도 그것을 쫓아갈 열정
과 마음이 있느냐 없느냐에 따라서 구분되어 진다. 즉 최소한 두 개의 관문
을 지나가야 한다. 청춘은 발견의 문과 열정의 문을 지나야 한다.

'발견의 문'
'열정의 문'

지금까지 청춘들이 해 온 일이라고는 생각과 열정 없이, 숫자로 나열되
는 본인의 성적에 연연하여 표면적인 삶을 살았다. 이건 우리 문화의 문제
다. 그렇다면 지금부터라도 입체적인 삶을 살아야 한다. 청춘이라는 것은
모든 걸 경험하라고 주어진 시간이다. 안정되고 편안한 삶을 만끽하는 것
이 청춘이 아니다. 지금까지 얼마 살지도 않고서 의미 없이 내린 수 많은 결
론들이 얼마나 많은가. 뛰어난 학점, 만점의 어학 실력, 대기업 입사, 50평
아파트 등이 성공의 조건이라고 내린 결론들은 얼마 살지 않은 청춘들이
내리기에는 너무 이르다. 아니 솔직히 애기하면 아직 청춘조차 제대로 보
내지도 않은 자기 자신의 인생에 백기를 들고 투항한 것이나 마찬가지다.
노년이 되어 이런 청춘들이 모이면, 공무원 퇴직 후 나라에서 주는 연금을
가지고 서로 위안 삼아 행복했노라고 이야기하며 보낸다. 그러고는 결국
자기 고유의 인생이 아닌 누군가의 대리 인생을 살고 생을 마감한다.

얼마나 억울한 일인가. 각자 개성이 있고 좋아하는 일이 있는데 틀, 규정 속에 살아간다. 그리고 언젠가 죽는다. 내 삶을 단 한 번도 못 살아보고 말이다. 단 한 번만이라도 내 삶을 멋대로 살고 싶다면 두 가지만 충실히 해보자.

첫째, 발견의 문을 열기 위해서 결정은 나중에 한다.

지금 상황에서 그렇게도 단순하게 인생의 범주를 좁히고 극단적인 결정을 하는 청춘들을 보면 안타깝기 그지없다. 이력서에 보면 하나같이 글로벌 인재니, 창의적 인재니 떠들고 있지만 스스로의 존재를 부정하고 말살하고 있으니 말이다. 결국, 본인이 천직이라고 자부하는 선까지 가기 위해서는 모든 결정은 뒤로 미루어야 한다. 지금 학점이 좋고, 어학 성적이 좋고, 직장이 대기업이라도 그것이 지금 나의 성공이라고 미리 결정짓지는 말자. 지금 청춘들이 결정을 빨리할수록 정답에서 멀어질 확률은 더 높다. 왜냐고? 점점 문제의 난이도는 더 높아지기 때문이다. 사회에 정답자가 많아지면 많아질수록, 그 문제를 출제하는 사회는 더더욱 답과 비슷한 걸 많이 내놓게 된다. 그래야 많은 청춘이 본인은 정답을 골랐다고 착각을 하게 만들 수 있기 때문이다. 사회가 또는 어른들이 강요하는 빠른 결정을 걷어내라.

둘째, 열정의 문을 열기 위해서는 고독을 즐겨야 한다.

아무 목적 없이 막연한 기대감에 남들과의 끈끈한 관계를 끊지 못하는 청춘은 되도록 멀리하길 바란다. 대학을 다닐 때 공무원시험을 너도나도 준비하던 시절에 두 가지 유형이 있었다. 하나는 휴대전화를 포함한 모든 연락을 끊은 채 공부에만 매진하는 유형과 도서관에 있어도 걸려오는 전화 다 받고 친구들의 대소사를 다 챙기는 유형이다. 전자는 거의 2년 만에 모든 걸 마치고 공무원에 합격한다. 하지만 후자의 경우에는 3년이 지나도 시간이 갈수록 이래서 안 되고, 몇 점 차이로 안 되고 평계를 대며 결국 낙방하는 경우가 허다하다. 나라의 일을 하는 공무원은 분명 가치가 있다. 그러다 보니 전자의 경우는 그 목표가 생기는 순간 공부하는 시간이 귀중해서 인간관계를 꼭 필요한 범주로 좁히게 된 것이다. 이런 경우 공무원이 되어도 본인의 본분을 확실히 하고 타의 모범이 될 것이 분명하다. 하지만 후자의 경우에는 정반대의 경우가 될 확률이 높다. 공무원 시험을 예로 든 건 단순하지만 모든 일에는 고독이 수반된다는 것을 알려주기 위해서다. 열정의 문을 열기 위해서는 내공 혹은 숙성의 시간이 필요하기 때문이다.

멋대로 사는 삶은 아무나 할 수 있다. 하지만 누구나 할 수 없기에 멋대로 사는 사람은 소수다. 소수이기에 부러움의 대상이 된다. 부러움으로 끝날 것인가? 아니면 그 주인공이 될 것인가는 결정을 미루는 현명함과 고독을 즐기는 숙성의 시간이 필요하다. 가장 젊은 때는 지금이라고 한다. 부러워만 하지 말고 지금 그 주인공으로 자신을 무대에 세워라.

05
한 번도 상처받지 않은 것처럼

세상이 싫어 지리산에 들어간 초심자들에게 중요한 문제는 바로 먹고 사는 문제다. 1~3월을 구례나 보성에서 차 볶는 아르바이트를 할 수 있다. 그리고 나머지 달을 먹고 사는 문제를 해결하는 방법이 더 재미있다. 등산객들이 하산할 시간에 매표소 근처 벤치에 누워있으면 된다. 누워있으면 등산객마다 비상식량을 싸오는데 비상식량을 주고 간다는 것이다. 참으로 웃기기도 하고 세상이 싫어 선택한 결정이라 슬프기도 한 웃픈 현실이다. 배경을 도시로 바꿔보자.

이성에도 흥미가 없다. 자동차에도 관심 없고, 명품백에도 관심 없다. 한 달 먹고 살 돈만 벌면 된다. 도박도 하지 않는다. 해외여행도 귀찮다. 세상과 소통은 스마트폰과 인터넷이 전부다. 휴일은 주로 집에서 보내고 어떤 발전도 하기 싫다. 그저 만사가 귀찮다. 누워만 있어도 누가 먹을 것을 주었으면 한다.

도시에 있는 사람을 보면 세상을 다 달관한 사람 같다. 아니면 '공수래 공수거' 삶을 미리 경험하고 있다는 생각이 든다. 도인이나 무소유, 자연인 같은 삶을 사는 사람이 실제로 있다. 바로 일본에서 이슈가 되었던 사토리 세대 이야기다.

사토리 세대란 일본에서 버블경제가 붕괴할 무렵인 1980년 후반부터 90년대까지 출생한 세대를 칭한다. 즉 장기적인 경제 불황을 20년 넘게 겪고 있을 때, 이 사토리 세대는 인터넷을 능숙하게 이용하며 자라온 디지털 세대이기에 많은 정보를 쉽게 수집할 수 있는 장점이 있다. 그러다 보니 현실 감각이 너무나 뛰어나서(?) 미래를 꿈꾸기보다는 현재를 더 즐겁고 행복하게 누리는 것에 우선순위를 두고 있다. 어차피 지금 노력해도 기성세대의 벽에 부딪혀 달라질 것이 없기에 필요 이상의 노력이나 힘쓰기를 피하게 된 것이다. 즉 지금 자신의 처지를 알고 작은 것에 행복해하는 그런 자세 말이다. 그래서 일본어로 사토리는 '깨달음 · 득도' 라는 뜻을 지녔다. 언제부터인가 우리나라 청춘들도 이런 현인들에게나 어울릴 법한 단어를 사용하고 있다.

열정과 의욕이 충만해도 모자랄 청춘이라는 단어 앞에, 세상을 달관한 현인들에게나 붙이면 어울리는 단어조차 받아들이는 게 현실이다. 워낙 현실이 팍팍하고 청춘들이 바꿀 수 있는 구조적인 문제는 거의 없다 보니 무기력하게 순응할 수 있다고 하자. 그렇다고 해서 이렇게까지 해가면서 청춘을 자위하고, 지금 행복하다고 말하는 것이 정상일까. 이런 청춘들에게 내가 해줄 수 있는 위로의 말은 이것이 전부다.

"청춘들이여, 한 번도 상처받지 않은 것처럼 행동하지 마라!"

나이 20대, 30대에 세상을 달관한 것처럼 '삐뚤어진 행복'이 진실 된 행복인 것처럼 포장하고 자신을 위로하지 말자. 그렇다고 아프니까 청춘이라는 식의 위로를 하려는 게 아니다. 젊어서 고생은 사서도 한다고 계몽하고 싶은 생각은 더더욱 없다. 단지 지금 처해 있는 현실의 감정에 충실한 모습을 보여줬으면 하는 것이다. 사회구조가 문제라고 생각하면 문제라고 소리를 지르고, 우리 청춘들이 하릴없이 키보드를 두드리는 것이 문제라면 그점을 지적하라는 이야기다.

자신의 행복 앞에 너무나 쿨한 모습을 보이지 마라. 청춘들의 연애가 쿨하지 않은 것처럼, 청춘들의 행복은 쿨할 필요도 없고 그럴 의무도 없다. 지금 불안하면 불안하다고 소리치고, 불평등하다면 불평등하다고 큰 소리로 말을 해야 한다. 그래야 상대가 당신의 상처를 알고 이해할 수 있기 때문이다. 당신의 상처는 드러내지 않은 채 상대가 알아서 당신을 이해할 거라는 착각은 버려라.

청춘의 감정은 용수철과 같다. 아마 청춘을 겪은 사람이라면 한 번쯤은 억누르고 절제할수록 반발력이 커지는 본인의 감정을 느껴보았을 것이다. 특히 연애할 때 그런 경험을 많이 한다. 친구의 여자 친구를 좋아해 본 경험이라든지, 이미 헤어진 여자 친구를 다시 그리워하는 감정 말이다. 그 당시

머리로는 감정을 눌러야 하는데 자꾸만 반발력이 생기는 감정을 경험해 보았을 것이다. 결국, 지금 생각하면 손발이 오그라드는 찌질한 행동과 말도 수없이 반복했을 것이다. 하지만 나이가 들면서는 절제하고 억제하는 감정의 시간이 더 많아진다. 그렇게 해도 반발력이 생기거나 튀어나가는 감정을 느끼지 못한다. 이런 상처를 느끼고 말하는 것도 청춘이 가진 하나의 능력이다.

더욱 아이러니한 사실은 장기적인 경기침체를 겪고 있는 일본에서 20~30대의 생활 만족도나 행복지수가 최근 40년 중 가장 높다는 통계가 나왔다. 대부분이 비정규직 또는 프리터족(프리랜서와 아르바이트의 합성어)이며, 취업률은 유례없이 곤두박질을 치고 있는데 말이다. 하지만 이 사토리족은 그 어떤 아우성도 없고 저항도 없으며 오히려 행복하다고 주장하고 있다. 하지만 현실에서 취업에 실패해 비정규직으로, 또는 비정규직도 힘들어서 아르바이트하는 청춘들의 체념이 아닐까 한다.

다시 말해서 이들은 어쩔 수 없는 선택을 한 절박한 삶임에도 불구하고, 본인들이 스스로 기꺼이 선택한 것처럼 자신들의 행복을 포장했다고 볼 수 있다. 지금 편의점에서 아르바이트하는 취업준비생에게 지금부터 우리 회사의 전국 편의점을 담당하는 마케팅 부서의 정규직이 되어달라는 부탁을 한다면 거절할 수 있는 청춘이 얼마나 될까?

취업준비생의 어느 뉴스 매체 인터뷰 내용이다.

"달관한 사람을 주변에서 한 명도 보지 못했다. 돈을 벌 기회가 적으니 현실에 적응해 돈을 아끼며 살 뿐이다. 고용이 불안한 상황에서 취업해도 벌 수 있을 때 좀 더 벌어야 한다는 생각을 한다. 달관 세대란 도전하고 싶어도 기회가 없어서 하던 활동마저 포기해가는 사람들을 조롱하는 말이다."

이것이 현실적인 답이다. 달관이라는 표현 자체는 나이 60 정도 돼서 세상사 욕심이 무엇인지 갖고자 하는 부와 명예가 어떤 것인지 경험하고, 나아가 무기력할 정도의 깨달음을 얻은 사람에게나 붙일 수 있는 수식어다. 아직 욕심을 부려보지도 않고, 부와 명예를 경험하지도 못한 청춘에게 달관 또는 깨달음이라는 표현은 지나치다고 볼 수 있다. 그렇기 때문에 우리 청춘들은 자신의 감정에 솔직해야 한다. 솔직하지 않고 커져만 가는 자신의 감정을 억누르게 된다면 청춘들의 감정은 쉽게 다칠 수 있다.

상대방에게 상처받지 않은 것처럼 허세를 부려봤자 상대는 당신이 상처받은 걸 이미 알고 있고, 오히려 당신의 행복 기대치가 낮아졌다는 것을 알고 그것을 역이용하려 들지 모른다. 다시 말해 우리 청춘들이 상대해야 하는 사회에서는 우리 청춘들의 상처를 이미 알고 있다. 청춘들보다 한 수 위기 때문이다. 하지만 아무도 소리치지 않기에 그것을 역이용하려는 무리가 존재한다. 그런 역이용의 가장 적합한 사례가 '열정페이' 아닌가.

무보수로 일해도 스펙의 한 줄이 될 수만 있다면 기꺼이 응하고, 부당한 대우를 받고 있지만 이마저도 잃을지 모른다는 불안감이 지금 청춘들 자체를 다치게 하고 있다. 자신에게 합당한 대우를 해주지 않아도 청춘들이 상처받지 않는 것처럼, 마치 모든 것을 깨달은 척 의연하게 대처할수록 상처는 깊어갈 것이다. 상처가 많으면 싸움의 기회가 찾아왔을 때 제 실력을 발휘하지 못한다. 즉, 지금 청춘들이 기회를 얻고 더 많은 도전을 하긴 하는데 필요한 것은 상처받지 않은 것처럼 행동하거나, 상처받지 않을 용기가 필요한 것이 아니다. 상처는 누구나 받을 수 있다고 인정하고, 혹여 상처를 받더라도 빠른 치유를 위해서 상처를 받았다고 소리쳐야 한다.

지금까지의 이야기는 대전제가 하나 존재한다. 바로 모든 청춘은 상처를 받을 수 있다는 점이다.
그다음의 행동이 중요하다는 것을 말하고 싶은 것이다.
상처를 받은 후에 '한 번도 상처받지 않은 것처럼' 행동하지 말고,
'한 번도 상처받지 않은 것처럼' 비워내는 청춘이 되기를 바란다.

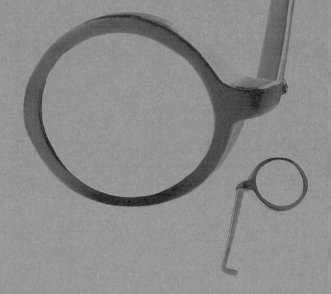

CHAPTER 2

청춘은 팔아야 제맛이다

청춘의 공간활용은 닮음에서 다름을 찾는 것!

01
팔고, 팔고 또 팔자

현대인에게 10초만 주어진다면 본능에 가깝게 스마트폰을 꺼낸다. 그리고 특별한 목적 없이 동영상, 사진, 뉴스를 보며 10초를 보낸다. 그리고 화면 하단의 자극적인 문구에 손을 뻗친다. before와 after가 있는 성형외과, 입으면 모델처럼 될 것 같은 옷, 건강해질 것 같은 식품들의 배너광고가 있다. 또 드라마를 보더라도 간접광고로 무수한 상품에 노출된다. 이제는 눈만 뜨면 광고인 세상에 살고 있다.

눈만 뜨면 보이는 광고들처럼 지금은 자신을 팔기 위해 광고해야 한다. 이제 자기광고는 필수를 넘어 생존이 되고 있다. 특히 취업 세계에서 광고는 생존이다. 비좁은 대기업 취업을 위해서 면접관에게 광고하고 스펙을 쌓으며 자기광고 거리를 만들고 있다. 직장인이라고 광고에서 벗어날 수 있을까? 신입사원 2%만 임원이 되는 현실에서 승진을 위해 매일 광고를 해야 한다. 연결해보면 휴대전화 속 광고와 우리 삶은 너무나 닮아있다.

우리 삶이 광고라면 지금 이 시점에서 다음과 같은 질문에 답해보자.

"'나'라는 상품을 판매해야 한다는 생각에 동의하는가? 그리고 동의를 하고 있다면 얼마나 양질의 정보를 의도적으로 노출하고 있는가? 더불어 그로 인하여 본인의 몸값과 인지도를 얼마나 쌓을 수 있는지 계산해 보았는가?"

학교에 있든 회사에 있든 '나'라는 상품을 아주 잘 팔아야 한다. 그렇다면 현재 싸늘하기만 한 취업문, 취업하더라도 전쟁터와 같은 직장생활에서 어떻게 나를 팔아야 할지 고민은 항상 우리를 힘들게 한다.

우리가 흔히 판매라는 단어를 떠올리게 되면 '세일즈'를 생각한다. 특히 자동차 세일즈맨에 대한 성공 이야기는 늘 빠지지 않는 단골 소재다. 그 중에서도 1등 세일즈맨 이야기는 단연 H사 임희성 씨 스토리다.

전국에서 H사 자동차 세일즈맨 중 2014년까지 6년 연속 세일즈왕을 놓치지 않은 인물이다. 그것도 인구 천만이 사는 수도권이 아닌, 인구 12만 정도인 충청남도 공주시에서 세일즈를 하는데도 불구하고 6년 연속 판매왕에 등극하게 되었다. 2014년 한 해 동안 343대를 판매하며 하루 1대꼴을 판매하는 진기록을 세웠다.

더불어 2001년 입사 후 지금까지 누적판매량은 3,888대이다. 연봉만 해도 무려 2억 원을 기록하며 각종 TV 매체 및 신문기사를 통해서 더 잘 알려진 인물이다. 이런 세일즈왕이 본인 성공에 대한 첫 번째 요소로 아래와 같이 이야기를 했다.

"자신을 홍보하라! 그 속에 역전의 기회가 숨어 있다."

그의 자동차 판매왕의 성공비결 첫 번째는 '자신을 홍보하라! 그 속에 역전의 기회가 숨어 있다.' 며 그는 자신의 양복에 H 자동차 임희성이라 새긴 것은 물론 본인의 자동차에도 이름과 전화번호, 자동차 판매왕이라고 래핑을 해서 다닌다고 한다. 공주에서 지나가는 차의 열대에 한두 대꼴로 자신이 판매한 차라서, 도로를 지날 때면 고객들에게 인사를 하면서 다닌다고 하니 참 많이도 팔았다.

학창 시절에는 공부를 못해 찾는 친구나 사람들도 별로 없었는데, 이제는 사람들이 자신을 찾는 것을 보며 살아있음을 느낀다고 한다. 결국, 이 세일즈왕은 자동차를 판매하는 것이 아니라 바로 본인을 판매하고 있는 것이다.

판매는 세일즈만 해당하는 것이 아니다. 취업은 물론 직장인들 역시 전쟁터에서 본인의 업무성과를 차곡차곡 쌓고 이런 정보를 의도적으로 알리고 나를 판매하고 있다. 요즘은 사무직이라고 해서 또는 공무원이라고 해서 그냥 책상에 앉아 사무만 보고 있으면 실력 없는 사람 취급받고 승진도 누락되기 십상이다. 승진이 누락되면 "세상이 나를 몰라주네." 라고 말하는 사람도 있다. 자신이 자신을 광고해 팔아보지도 않고 신세 한탄만 하는 것이다. 그래서 자신의 길을 정한 사람에게 그것이 무엇이든 "팔고, 팔고,

또 팔자" 말한다.

'판매'는 그만큼 가치를 느낄 때 구매로 이어진다. 내가 아무리 많은 것을 가지고 있고, 또 다른 사람보다 얼마나 뛰어난지는 중요하지 않다. 판매하면서 가장 중요한 요소는 상대방의 needs가 무엇인지를 정확히 파악해야 한다.

가령 어떤 자동차 영업사원이 있다고 가정하자. 어느 날 중산층으로 보이는 남자가 차를 구매하고 싶다며 매장에 방문했다. 그러자 그 영업사원은 자기 회사에서 가장 성능이 좋고 연비가 좋은 A라는 중형차를 고객에게 열심히 설명하고, 가격 대비해서 동급최강이며 연비가 좋아서 가장 많이 팔리고 있으며 국내외에서 1위 판매량을 자랑하고 있는 만큼 가장 안정적인 구매가 될 것이라고 자부하며 고객에게 노력하고 있다. 그러나 그 고객은 구매하지 않았다. 이유는 무엇일까? 그 고객은 자기 자녀의 출퇴근용 소형차를 보러 왔기 때문이다.

이렇듯 '나'를 판매하고자 할 때는 '내가 어떤 사람이다.'라는 나열 보다는 상대의 needs 파악을 통해 판매해야 한다는 점을 명심해야 한다. 그렇다면 상대의 needs와 '나'라는 상품을 일치시켜야 하는데 어떻게 해야 할까? 그것은 바로 상품이 가지고 있는 '정보'가 해야 할 역할이다.

'정보'는 많으면 많을수록 고객에게 만족을 줄 수 있다. 즉 상대의 구매 욕구를 자극하는 역할을 하게 된다. 우리는 취업을 하기 위해서 스펙을 쌓는다. 취업을 앞둔 취업준비생들은 각종 스펙이 본인의 정보가 되는 것이다. 각종 자격증부터 어학, 거기에 인턴십이며 봉사활동까지 말이다. 하지만 주위를 둘러보라. 스펙이 엄청나게 뛰어나고 멀쩡한데도 취업의 문에서 늘 낙방하는 사람이 부지기수다.

분명 정보가 많으면 상대의 needs를 맞출 수 있다고 했는데 왜 이런 현상이 발생하는 걸까? 그 이유는 바로 상대의 needs에 맞춘 '맞춤형 정보'를 제공한 것이 아니라 '불필요한 정보' 까지 나열했기 때문이다.

나 역시 처음에는 불필요한 정보의 나열을 몰랐다. 강사를 채용하고 육성하는 일을 하다 보니 채용면접을 볼 때 가끔 황당한 일들이 몇 가지 있다. 꼭 강사가 되고 싶고 합격만 하면 열심히 할 것이라고 이야기를 한다. 원래부터 강사가 꿈이었다고 한다. 그러나 이력서를 보면 3개월 전 사설 아카데미에서 수료한 이력이 전부다. 그래서 그 이전에는 강사가 되기 위해서 무엇을 노력하였냐고 물으면 묵묵부답이다. 바로 이런 것이 상대의 needs를 만족시키지 못하는 '불필요한 정보' 를 나열한 단면이다.

그리고 한 단계 더 나아가서 '독창적인 정보' 를 가진 사람이 되어야 한다. 면접 시 내가 무조건 떨어트리는 유형의 면접자가 있다. 바로 너무나 뻔한 자기소개서를 가진 면접자이다. 요즘은 가기소개서를 컨설팅해주는 학원도 있다 하니 다들 비슷한 내용은 어쩔 수 없다. 거의 모든 자기소개서가 시간적 순서배열을 기준으로 하고 있다.

어찌 다들 우렁찬 목소리로 태어나고, 어찌 부모님이 다들 엄하셨는지. 이것은 동전을 던지면 앞면 아니면 뒷면이 나올 확률과 비슷하다. 자신의 특징을 기준으로 작성하면 안 될까? 또는 시간적 배열을 거꾸로 가면 안 될까? 이런 생각을 하는 청춘들이 별로 없다는 점이 아쉬울 따름이다.

아무튼 상대의 needs와 많은 교집합을 형성하기 위해서는 맞춤형, 그리고 독창적인 정보를 가진 사람이 되어야 한다고 강력히 주장한다. 그래야 팔고 또 팔 수 있다.

팔고 또 팔기 위해서 상대의 needs를 파악하고 양질의 정보를 제공하라. 자신의 홍보 홍수 속에 역전의 기회가 당신을 찾아오게 될 것이다.

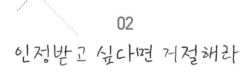

02
인정받고 싶다면 거절해라

한 때 '착한 사람 코스프레' 란 말이 유행했었다. 말 그대로 어떤 부탁을 받으면 마음은 NO를 외치는데 몸과 입이 YES를 외치고 자신의 시간과 노고를 쏟아 붓는 사람을 말한다. 부탁하는 사람은 늘 YES를 외치니 부탁을 당연하게 여기고, 부탁받은 사람은 과거처럼 YES를 외쳐야 하는 악순환이 반복된다는 것이다. 이런 착한 사람이 코스프레에 빠진 사람이 우리 주변에는 뜻밖에 많다.

동료 중에 L이 있다. 착한 사람 코스프레가 분명 아닐 것으로 생각했다. 최소한 한 번은 거절하거나 들어주면서 언짢은 표정을 살짝 보이지만 L은 모든 부탁을 싱글벙글하며 들어주었다. 고민이 많은 날에는 술도 먹어주고, 힘든 일도 해결해주는 정말 좋은 사람이었다. 나를 포함해 주위에서 '수호천사' 로 불렸다. 수호천사란 별명이 나에게는 부러움의 대상이었다.

하지만 L이 과음했는지 속에 있는 깊은 이야기를 한 적이 있었다. 모든 부탁을 들어주니 사람들이 자기를 가볍게 보는 것 같아서 힘들다는 말이었다. 항상 밝고 유쾌하며 주위 사람들의 어려움에 한결같이 도와주던 사람의 입에서 나온 말인지라 놀랐다. 그래서 나는 물었다. 언제부터 힘들었는지 말이다. L의 대답은 '항상' 이었다.

나는 L의 고민을 더 자세히 이야기해달라고 했다. L은 친구들을 만나면 술 먹고 신세 한탄만 하고 있어서 내키지는 않지만, 자꾸 만나게 된다고 한다. 그리고 고등학교, 대학교 동창모임에서 왕따가 되기 싫어서 억지로 친구의 이야기에 장단을 맞춰주면서 부탁을 받으면 거절할 수 없었다는 것이다. 더 큰 문제는 처음에는 보험부터 시작해 결국 대출까지 받아 돈을 빌려주는 지경까지 이른 것이다.

여기 또 한 명의 친구 H가 있다. 유관부서에 일하는 친구라 직접적인 업무는 없지만, 항상 성실하고 밤늦게까지 남아서 야근도 불사하는 회사 충성파로 소문이 자자했다. 어느 날 대뜸 커피 한잔을 하자는 것이다. 불길한 예감이 들어 조용한 곳에서 커피를 마시며 사연을 들었다. 그의 첫 마디는 '퇴사' 였다. 자기와 함께 일하는 팀장과 더 이상 일하기 싫다는 말이었다. 이유를 들어보니 팀장이 원하는 업무스타일을 다 맞춰주고, 나아가 팀장의 업무도 가끔은 대신해주는데도 불구하고 돌아오는 건 매몰찬 피드백이라고 한다. 그래서 나는 다시 그 팀장하고만 업무가 안 맞는 것인지 물었다. 그의 답은 팀장은 물론 직장 다니며 칭찬을 들어본 기억이 없다고 말했다.

이야기를 자세히 들어보니 H가 성실하게 보이는 야근은 팀장이 떠넘긴

일 처리하느라 야근을 해야 했고 거절할 수 있지만, 상사의 명령이란 대전제 때문에 억지로 한다고 했다. 또한, 인사평가에서 점수를 낮게 줄까 봐 부당해도 '직장의 서러움'이라 생각하며 일했는데 오늘은 결국 못 참고 나를 불러내 하소연한 것이다.

지금 이 두 사람의 공통점을 쉽게 찾을 수 있다. 유대관계를 맺고 있는 사람들과 회사업무를 하는 사람들에게 거절을 못 하는 것이다. 또한 친구, 직장 동료, 직장 상사에게 인정 받고자 항상 힘쓰고 노력하고 있으면서도 칭찬 한마디 못 듣고 있다. 이 둘은 어떤 부분 때문에 이토록 힘든 상황이 왔을까? 바로 그것은 앞에서 말한 YES 때문이다. 거절을 못 해 앞에서 YES를 외치지만 뒤돌아서면 후회하는 즉 거절하지 못해서 발생하는 현상이다.

가끔 후배들에게 의사 표시의 중요성을 농담처럼 알려줄 때가 있다.

"어떤 일이든 인정받기 위해서는 주관이 뚜렷해야 해. 그러기 위해서는 정확한 의사 표시가 중요하지. 만약 YES맨이 되어 YES만 외친다면 배려를 당연함으로 여겨 사람들이 가볍게 본단 말이다."

L과 H가 가볍다는 뜻이 아니며, YES맨이 나쁘다는 뜻은 더욱 아니다. 내가 말하고자 하는 건 '현명한 거절'을 하자는 뜻이다. 셀프영업자의 중요한 자질이 YES를 끌어오는 것이지만 NO를 할 줄 아는 것도 절대적으로 중요한 자질이다. 우리가 중요하다고 생각하는 회사에서의 직장 상사, 또는 항상 우리 주위에 있는 애인, 친구, 동료와의 관계를 깨지 않으면서도 무

리한 부탁을 정중히 거절할 방법 말이다. 이런 '현명한 거절'은 자존심과 자신의 가치를 굳건히 지킬 수 있으며, 회사의 안팎에서 언제든지 인정받을 수 있는 최고의 방법 중 하나이다. 그렇다면 셀프영업자로서 인정받으며 거절할 수 있는 '현명한 거절법'을 알아보자.

첫째, 거절하고 후폭풍에 대해 걱정하지 마라.

위 두 사람의 가장 큰 고민이 바로 무언가를 잃어버릴까 걱정인 것이다. 친구들의 신뢰를 잃어버릴까, 팀장의 좋은 평가를 받지 못해서 승진의 기회를 잃지 않을까 하는 걱정 말이다. 내가 단호히 말하지만 절대 그런 상황은 오지 않는다. 지금 필요해서 부탁한 친구에게 본인의 사정을 이야기하고 I이 거절했다고 가정하자. 한 번의 거절로 우정에 금이 간다면 그 친구의 우정은 진심일지 우리가 생각해 봐야 한다. 그리고 팀장의 업무를 거절했다고 해서 평가를 나쁘게 준다면 본질적으로 그 팀장은 회사에서 팀장의 자격이 있을까 생각해야 한다. 물론 우정에 금이 가거나 평가를 나쁘게 받을 수 있다. 하지만 그것은 본질을 바꾸는 폭풍이 아니라 그냥 지나가는 바람에 불과한 것이다. 누군가에게 거절을 하고자 할 때는 상황을 보고 판단해야지 절대적으로 사람을 보고 판단해서는 안 된다. 상황이 몰고 오는 폭풍은 있어도 사람이 몰고 오는 폭풍은 존재하지 않는다. 절대 걱정하지 마라. 또한, 거절로 본질이 바뀐다면 그 사람의 진짜 속내와 내공을 알 수 있는 투명망원경을 확보했다고 안심도 할 수 있다.

둘째, 구구절절 거절하지 마라.

H의 경우에는 자기도 거절을 한다고 한다. 그래서 거절 방법을 물어봤더니, 팀장 본인의 업무를 떠넘기거나 올바른 방향이 아니지만 일을 추진하라고 지시할 때 메일로 거절의 의사를 장황하게 써내려간다고 한다. 하지만 돌아오는 대답은 늘 똑같다고 한다. "그래서 못하겠다는 거야?"라고 말이다. 이 얘기는 그 팀장은 구구절절한 그 메일을 읽지 않았다는 것이다. 더불어 그 내용이 별로 중요하지 않기에 위와 같이 짧게 물어보는 것이다. 지금 H의 경우에는 변명하는 것이 아니라 의사를 표현하는 것이다. 즉, 장황한 설명은 상대가 느끼기에 거절을 하기 위한 변명으로 들리는 것이다. 상대에게 지금 필요한 것은 거절의 의사를 느끼게끔 하는 것이 중요하다. 그렇기 때문에 거절이라는 것은 우물쭈물한 변명이 아니라 확고한 의사 표현이다.

셋째, 잘못된 거절에 후회하지 마라.

때로는 거절하면서 뒤늦은 후회가 몰려올 수 있다. 막상 거절하고 집에 왔는데 친구가 신경 쓰이거나, 내일 사무실에 가서 볼 팀장의 얼굴이 생각나서 '괜히 거절했나?' 하고 후회가 들 수 있다. 더불어 너무 거절에 신경 쓴 탓인지 내가 수용해야 했던 상황에서 거절했을 수 있다. 하지만 계산을 해 보자. 기존에 무조건 수용해왔던 시기와 약간의 무리는 따르지만 현명한 거절을 하게 될 앞으로 시간을 떠올려 보자. 친구와의 술자리를 거절하지 못하고 하룻밤을 멍하니 앉아서 보내거나, 팀장의 지시를 거절하지 못하여 밤새 야근하면서 받는 스트레스가 더 클지, 아니면 차라리 단호하게 거절하고 욕먹는 것이 나을지를.

수용하고 뒤돌아서 후회하는 새가슴보다는 야무지게 거절하는 청춘이 되어야 한다. 이는 변화를 겪는 과정이다. 견디기 쉽지 않을 수 있다. 하지만 결국 우리는 괜찮아질 것이고 익숙해질 것이니 걱정하지 마라.

요즘과 같이 갑을관계가 판을 치는 시대는 인맥이 재산이라고 여기며 살아가는 시대다. 셀프영업자로서 또는 인맥이 부족하다고 생각한 청춘으로서 거절이 힘들다는 것을 안다. 그리하여 우리의 머릿속에서는 'No!' 를 외치지만 결국은 상냥하게 'Yes!' 를 말하고 만다. 하지만 인정받으며 살고 싶다면 위의 세 가지만 기억하고 실천하자.

모든 사람의 소원을 들어주는 요술램프와 같은 셀프영업자, 청춘으로 살지 말자. 모든 사람의 얘기를 항상 들어주는 데 에너지를 낭비하고 우리의 소중한 시간을 낭비하면 가슴과 내면은 너덜너덜하게 썩어간다.

이것만 기억하자! 현명하게 거절하여 자존심을 지키는 것이 셀프영업자다.

03
직장이 우리에게 주는 것들

셀프영업으로 전환해야 하지만 영업을 할 수 있도록 시스템을 주는 직장은 우리에게 너무 많은 것을 준다. 안타깝게도 언제든지 이직할 수 있고 '회사가 여기뿐이냐!' 라고 생각하는 사람은 직장이 우리에게 주는 것들을 알지 못하고 불만을 터트린다.

오늘도 어김없이 술자리에서는 직장에서의 불만이 안줏거리가 되었다. 직장 상사의 불만족한 태도와 더불어 회사의 '갑질' 에 불만을 품은 회사원들끼리 주고받을 수 있는 그런 평이한 안줏거리 말이다. 그러던 중 한 명이 갑자기 이직을 의논하기 시작했다. 지금 하는 일은 자기의 적성에 맞지 않는다고 말하며 다른 직업을 갖고 싶다고 말이다.

"나는 강사가 체질이 아닌 것 같아요. 사람들 앞에서 말도 잘하지 못하는 것 같고, 강의를 개발하는 업무가 저하고는 맞지 않아요. 그래서 힘들어요."

"그렇구나, 그래도 지금까지 잘해왔는데 뭐."

"그렇죠. 그런데 생각보다 월급도 적고, 이걸로 가족을 부양하기가 힘들어요."

"그래도 계속 승진하고 연수가 차다 보면 많이 오르지 않을까?"

"지인 중에 사업하시는 분이 자기 회사 오면 더 준다고 하더라고요. 고민이에요."

"에이, 돈보다야 재미가 더 중요하지."

그렇다. 이직을 고민하는 청춘들은 대부분 적성 핑계를 대지만 결국은 돈이 문제였다. 물론 자본주의 국가에서 돈을 간과할 수는 없다. 한 온라인 업체가 남녀 직장인 600여 명을 대상으로 '첫 직장 만족도' 조사를 한 데이터가 나의 눈길을 끌었다. 지금과 같이 취업이 어려운 청춘들에게 첫 직장이야말로 정말 더없이 감사하고 또 감사할 것이라는 내 생각을 뒤집었다. 무려 응답자의 60% 이상이 실망스럽다는 응답을 했다. 그리고 30%는 '그저 그렇다' 라는 답을 했고, '회사가 만족스럽다' 는 응답은 고작 10% 미만으로 나왔다. 그런데 그 이유를 보니 상당수의 불만족한 응답자의 대답이 '생각보다 적은 월급에 비해 세금이 높은 것' 이라고 설문에 응했다. 지금의 신입사원인 청춘들의 직장만족도가 얼마나 낮은지, 그리고 신입사원들의 직장만족도에서 급여가 주는 영향이 얼마나 큰지를 알 수 있는 대목이다.

급여가 직장인이 생계를 유지하고 최소한의 삶을 꾸려나가는데 가장 기본적인 수단이라는 것은 당연하다. 하지만 우리가 조금만 관점을 바꿔 생각해 보면 단순히 급여를 금전적 보상의 의미로만, 나아가서 '돈의 논리'로만 해석할 단어일까. 직장 선배 중에는 우리가 일하는 시간을 회사에서 돈을 주고 구매한 것이기 때문에 회사에 맞춰 일해야 하며, 나아가서 회사의 이익창출에 힘써야 한다고 이야기한다. 맞는 말이다. 하지만 여기서 한 발 더 생각해야 한다. 우리는 회사를 그냥 출퇴근하며 월급을 받는 장소가 아닌 사업을 하는 장소라고 인식해야 한다. 학교나 학원에 다니듯 그냥 오가며 시간을 보내는 장소가 아니라는 것을 의미한다. 달라져야 한다. 즉 성과를 내고 일하기 위해 모인 곳이 직장이라는 뻔한 인식이 아직도 부족하다.

회사는 서로 다른 구성원들이 하나의 장소에서 공동의 목적을 가지고 함께 일하는 공간이다. 나와는 다른 출신, 지식, 성격 등을 가지고 있는 사람들과 더불어 하나의 방향을 향해 나아가며 성과를 창출하는 장소를 의미한다. 이를 긍정적 방향으로 보자면 나의 그릇을 키우고 회사라는 사회에서 나의 행복을 추구하고 찾아가는 그런 장소로 인식을 전환해야 한다. 단순히 돈의 논리로만 회사에 접근하게 되면 백이면 백 모두 만족할 수 있는 결과를 얻지 못한다. 그래서 이직을 의논하는 구성원들에게 나는 급여보다는 차후 본인이 얻을 수 있는 행복감과 성취감에 대해서 먼저 물어보게 된다. 그래서 우리 청춘들은 회사에 다니며 고민해야 할 것은 '내가 어떻게 하면 급여를 더 받을 수 있을까?'에 대한 질문보다는 '내가 어떻게 하면 회사에서 행복하게 일하고 나의 가치를 만들 수 있을까?'에 대한 질문으로 전환해야 한다.

지금 회사의 동료들을 둘러보자. 그중에는 그냥 아무 생각 없이 주어진 일만 하며 시간을 보내고 급여를 받는 동료가 존재할 것이고, 시간을 쪼개어 본인의 업무 이외에 자기발전을 위해 항상 다른 업무를 추진하는 동료도 있을 것이다. 전자의 동료는 일을 대하는 태도가 분명 최소한의 일을 하기 위해서 접근할 것이다. 이런 전자의 동료는 무조건 피하는 것이 상책이다. 후자의 동료는 비즈니스의 관점으로 본인의 부가가치를 올리기 위해서 일을 대하는 태도가 본인의 성취감과 성장의 관점으로 접근할 것이다. 이런 후자의 동료는 무조건 보고 배워야 한다. 이런 두 동료를 구분할 수 있는 질문이 있다.

"당신의 비전은 무엇입니까?"

비전이 있는 청춘은 회사에서 얻을 수 있는 것을 급여에 국한하지 않는다. 그들은 회사에서 주는 급여 이외의 많은 것들을 찾고 또 찾는다. 회사에서 내가 얻을 수 있는 것을 찾아보면 수없이 많다. 많은 동료와 어울리며 배우는 인격수양의 길도 있고, 지금 직장에서 배우는 직무를 활용하여 더 나은 자아를 실현할 수 있고, 회사의 시스템을 개인에게 적용하여 나만의 라이프스타일을 창조할 수도 있다. 흔히 얘기해서 돈 주고도 못 배우는 것들이 널려있는데 위에서 언급했던 것처럼 회사의 만족도를 단순히 급여로만 매기는 것은 지금의 청춘들이 잘못된 생각을 하고 있다는 것을 여실히 보여주고 있다. 말 그대로 급여로 직장의 만족도를 생각한다면 그 청춘은 '월급쟁이' 라 불러야 한다. 하지만 회사에서 받는 급여 말고도 스스로가 먹거리를 찾고 나 스스로를 먹여 살린다면 그 청춘은 '셀프영업자' 가 될 수 있다. 회사에서 '셀프영업자' 의 마인드를 가지고 일하는 사람들을 '핵심인재' 로 분류한다. 삼성 이건희 회장이 '혼자서 만 명을 먹여 살릴 만한 핵심인재 1명을 어떻게 확보하고 육성할 것인가가 회사의 장기적인 성장과 존립을 좌우한다.' 고 말했다. 이런 인재를 육성하기 위해 세계의 글로벌 기업뿐만 아니라 우리나라의 많은 기업들도 노력하고 있다. 그러다보니 회사들 역시 세계적인 추세에 발맞춰 급여 외적인 비금전적 보상을 함께 구성원들에게 지급하고 있다. 회사와 구성원 모두가 영원한 성장문화를 형성하고 이를 공감하기 위한 금전적 보상과 외적인 보상을 아우른 총 보상의 개념이 주목받기 시작한 것이다. 비금전적 보상은 일을 수행하는 데서 오는 성취감, 만족도, 행복과 같은 형태를 말하며, 이와 같은 비금전적 보상은 때로 구성원들에게 더 큰 만족도를 불러오기도 한다.

지금 다니는 회사에서 급여 이외의 것들을 생각해 보자. 복리후생, 보험, 휴가, 교육기회, 고용안정 등 우리가 생각해 보면 비금전적 보상이 생각보다 많다. 만약 지금 회사를 다니고 있지 않고 사업을 한다고 가정한다면 지금 내는 세금이나 보험에 대한 부담도 증가하게 될 것이다. 하지만 이렇게 눈에 잘 보이지 않은 비금전적 보상을 우리 청춘들이 간과하는 것이 현실이다. 이직의 계절이 다가오면 늘 다른 회사의 연봉과 자기 연봉을 단순 비교하며 본인 스스로를 동기부여하는 청춘들이 비일비재하다. 이는 지금의 직무 만족도는 물론이거니와 앞으로의 자신의 비전 추구에도 결코 도움이 되지 않는다. 이들은 한 달에 한 번 만족을 하게 된다. 바로 월급날이다.

우리 청춘들이 회사를 다니거나 조직에 몸을 담고 있다면 내가 나를 먹여 살릴 수 있는 비전을 찾아야 한다. 그 비전이 원동력이 되어 나와 회사의 발전을 가져오게 된다. 내가 이 회사에서 맡은 업무가 무엇이고, 그것이 나에게 가져오는 성장의 발판은 무엇이며, 이로 인해서 내가 앞으로 나아가야 할 길이 무엇인지를 찾는 곳이 회사다. 물론 회사에서 나에게 도전적인 과제를 주지 않고, 성장의 발판을 제공해 주지 않아, 나의 길이 막막하다면 이직을 고민해도 된다. 하지만 단순히 급여가 낮다고 이직을 고민하는 것은 선생님이 마음에 안 든다고 전학을 가는 학생에 불과하다.

우리는 늘 직장생활이 힘들면 학창 시절을 떠올리며, 도시락을 싸서 공부하던 그 시절이 가장 그립다고 이야기한다. 직장도 마찬가지다.
지금 당신이 다니고 있는 직장도 충분히 행복한 공간이다.

04
홈쇼핑에서 나를 팔아보자

강사의 일을 하는 나의 취미는 예능 프로그램을 챙겨보는 일이다. 교육 방송이나 각종 문화 콘텐츠 등을 찾아봐야 함에도 나는 예능 프로그램을 챙겨보는 것이 시대의 흐름을 읽는 데 더욱 중요하다고 생각하기 때문이다. 그래서 밤늦게 귀가 후 한주간 보지 못했던 프로그램들을 야식과 함께 찾아본다. 그렇게 채널을 돌리다 보면 나도 모르게 채널이 멈춰질 때가 있다. 바로 홈쇼핑 채널이다. 야심한 밤 내가 필요했던 전자기기나 군침이 꿀꺽 넘어가는 음식에 대한 상품이 나오면 몇 분간이고 그냥 넋 놓고 보게 된다. 물론 구매로 이어질 때도 가끔은 있다. 이 책을 읽고 있는 독자들 중에도 아마 홈쇼핑에 전화를 걸어 상품을 구매해 본 경험이 있을 것으로 생각한다.

우리나라에서 홈쇼핑 시장은 더할 나위 없이 승승장구하고 있다. 이들

홈쇼핑 시장이 급격하게 성장하는 데 있어서 중요한 것은 바로 '홈쇼핑에서만 구매할 수 있는' 이라는 전략이 주효했다고 볼 수 있다. 우리가 길거리를 지나든 백화점을 가든 흔히 볼 수 있는 브랜드의 상품을, 즉 제품 품질에 대한 검증이 완벽하게 된 상품을 들고나와 그들만의 구성과 합리적인 가격을 내세워 소비자를 공략하는 데 있다. 더 이상 70년대 어른들의 구매 패턴에 맞춘 박리다매는 소비자를 끌어들이지 못한다는 것이다. 이제 소비자의 머릿속에는 '적정한 가격을 지급할 테니 양질의 상품을 다오.' 라는 시대로 변화하고 있다는 점이다. 나는 홈쇼핑에 대한 궁금증을 참지 못하고 상품 하나가 완판되는 광고를 지켜보기에 이르렀다. 그것도 '노르웨이산 고등어' 의 완판 광고를 말이다. 그리고는 억대연봉을 받는 쇼핑호스트의 말을 하나도 빠짐없이 적어보았다.

'네~ 오늘 여러분에게 소개해 드릴 상품은 노르웨이에서 갓 잡아온 싱싱한 고등어입니다. 지난 방송에서 7,000세트 완판을 기록한 바로 그 노르웨이산 고등어입니다. 벌써 노르웨이라는 말만 듣고 아시는 주부님들은 벌써 주문을 하시네요. 역시 물건 볼 줄 아시는 주부님들 많아지셨네요. 그렇습니다. 이 고등어는 한국인들이 가장 많이 찾는 생선 중에 하나죠. 저 역시 이 고등어를 일주일에 거의 두세 번 식탁에서 보는데요, 먹어도 먹어도 질리지 않아요. 참 신기하죠. 그리고 이 고등어는 오늘 특별히 최초 2팩을 더 드립니다. 그래서 32팩으로 최다 구성을 하였습니다. 그럼 이 가격은 어디서도 찾아볼 수 없는 가격입니다.

더불어 상반기 최고 구성이라고 자신 있게 말씀드릴 수 있습니다.

자, 이 고등어를 다시 한 번 제가 정확하게 지도를 보며 설명해 드릴 게요. 저희가 오늘 가지고 온 고등어는 바로 이 북쪽에 있는 지역에서 잡아 올린 것입니다. 이 지역의 고등어들은 자기들이 스스로 살을 찌웁니다. 그래서 태평양 지역보다 불포화 지방이 3배나 더 많습니다. 지금 여러분들의 식탁에 올라온 고등어보다 불포화 지방이 훨씬 많다는 것입니다. 그리고 노르웨이는 수산물을 나라에서 직접 관리합니다. 수산물 수출 2위에 달하는 노르웨이 수산청에서 관리하니 얼마나 믿음이 가겠습니까?'

나는 이 광고를 듣자마자 너무 소름이 끼쳤다. 왜 저 상품이 소비자에게 완판이 되었으며 없어서 못 팔아 다시 앙코르 판매까지 이어지는지를 깨달았다. 그것은 바로 '가치언어'의 발견이었다. 위에 나온 멘트를 분석해 보면 답이 보인다.

'이 가격은 오늘 최초', '노르웨이 수산청' 등의 단어들을 사용하며 지금 소비자가 보고 있는 고등어를 지금 아니면 맛볼 수 없는 세상 단 하나뿐인 고등어로 만들어 버린 것이다. 이것이 바로 '가치언어'의 힘이다. 아주 사소한 단어이지만 상대방에게 엄청난 파워를 가지는 단어를 말한다고 볼 수 있다. 당연히 오늘 방송인데 오늘이 최초이지 않을 수 있을까. 그리고 가보지도 않은 노르웨이 수산청이 정말 관리가 엄격한지 눈으로 확인하였는가. 절대적으로 한국인이 원하는 특별함과 신뢰성을 주는 가치언어로 상품에 대해 전달을 하고 있기 때문에 이 고등어는 완판에 앙코르 방송까지 이어진 것이다.

세상천지 밑지고 파는 장사는 어디에도 없다. 하물며 홈쇼핑은 더할 수 있다. 홈쇼핑 방영을 위해 몇천만 원의 비용이 들어간다. 더불어 황금 시간대에 방영하기 위해서는 더 큰 비용이 들어갈 수 있다. 그 비용은 고스란히 소비자에게 돌아가기 마련이다. 그런데 과연 합리적인 가격으로 판매하고 있다고 믿고 구매할 수 있을까?

현재 우리나라는 대학 진학률이 90%라고 한다. 대학은 졸업해야 기본적인 생활이 가능하다고 부모들은 믿고 있다. 과연 청춘에게 대학 졸업은 필수적인 요건인가? 대학 졸업한 것을 기본 스펙으로 생각하는 사회. 사람의 본성이나 역량이 아니라 대학을 졸업해야 취업도 결혼도 가능하다고 믿고 따르는 이 사회는 잘못돼도 한참 잘못됐다. 어느덧 학벌은 피부색으로 인류를 나누듯 청춘을 나누고 있다.

전국 300개가 넘는 대학에서 매년 45만 명 정도 졸업자가 배출된다고 한다. 졸업생의 평균 취업률은 50% 정도라고 한다. 고등학교에서는 SKY 입학이 인생의 목표라고 가르치고 이를 따르는 학생, 더불어 학생들은 대학을 졸업만 하면 바로 세상에 나가서 내가 원하는 모든 것을 이루고 탄탄대로를 걸을 수 있을 거라는 환상을 가지고 있다. 그런데 막상 대학 졸업장을 가지고 사회에 나왔지만, 취업이 되지 않고 오히려 패배자의 시선으로 보는 이 사회에서 청춘들은 무엇을 느낄까?

이렇게 공장에서 찍어내듯 졸업장을 주고 배출하는 사회 구조가 1차 책임자다. 언제부터인가 대학교는 전공을 가르치는 배움의 요람이 아닌 학생을 돈벌이 수단으로 여기며 경영을 하는 하나의 회사 시스템으로 변질하고 있다. 수능이 끝나고 나면 지방의 유명하지 않은 사립대 교수들은 고등학교를 순회하며 학교 홍보를 하고 학생을 유치하고 있는 모습은 어떻게 해석해야 할까.

하지만 2차 책임자는 청춘인 바로 우리다. 사회 구조는 우리가 바꿀 수 없는 외부요인이다. 아주 조금은 바꿀 수 있겠지만, 근본을 바꿀 수 없는 외부요인이다. 하지만 2차 책임자인 청춘은 내부요인이다. 즉 100% 내 마음대로 근본을 바꾸고 내가 결정할 수 있는 책임자이다. 대학이라는 시장의 환경을 분석해 보지도 않은 채 친구 따라 강남 가듯 누구나 가기에 따라가는 대학은 더는 가치가 없는 것이다. 당신 손에 들린 몇천만 원짜리 대학 졸업장은 사방 천지에 깔렸다는 뜻이다. 절대적으로 상대방에게 특별함을 어필할 수도 없고 신뢰감을 주지도 못한다는 것이다.

가장 흔한 말 중에 '지피지기 백전불태'란 말이 있다. 우리 청춘들이 고민해야 할 숙제이다. 과연 우리 청춘들은 자신을 얼마나 알고 있는가? 극한의 예일 수는 있겠지만 지금 이 책을 보고 있는 당신이 홈쇼핑의 상품이라고 가정해 보자. 당신의 가치는 얼마로 매겨질까? 나를 팔기 위한 가치언어를 당신은 얼마나 가지고 있는가? 아직도 면접관 앞에서 누구나 가지고 있는 졸업장과 자격증 얘기를 하며 채널을 돌리게 하고 있지는 않은가? 회사

상사에게 보고서를 들고 가서 누구나 할 수 있는 일에 대한 결과를 치장하면서 채널을 돌리게 하고 있지는 않은가?

홈쇼핑의 가치언어만 기억하자. 더 이상 누구나 가지고 있는 스펙으로는 자신을 어필할 수 없다. 신뢰성도 없고 특별함도 없다. 이제는 나만이 가지고 있는 가치를 찾아가고 그 가치를 상대에게 전달하여 '세상 어디에도 없는 나'를 만드는 청춘이 되어 보자.

05
라디오 같은 자기소개를 버려라

취업하기 위해서 자기소개는 필수다. 자기소개서에 4대 질문이 있다. 아마도 자기소개서를 써본 사람이라면 쉽게 알 것이다.

1. 입사지원 동기

2. 성장 과정

3. 자신의 성격의 장단점

4. 입사 후 포부

회사마다 다르겠지만 큰 틀은 비슷하게 유지된다. 최근에 '입사지원 동기' 란을 없애는 기업이 등장했다. 모 유제품 회사에서 '어릴 적 목욕탕에서 목욕을 마치고 아버지(어머니)께서 사주시던 그 맛을 지금도 기억합니다.', '맞벌이하는 바쁜 부모님을 대신해 우유를 배달해주신 아주머니 모습이 지금도 기억납니다.' 등의 문장이 꼭 들어간다는 것이다. 인사담당자들은 하나같이 똑같은 입사지원 동기를 보고 없앤 것이다.

이런 현상에 힘입어 SNS에 입사지원 동기에 관한 취업준비생들의 솔직한 이야기가 흘러나왔다. "지원한 이유는? 다 똑같지요. 돈 벌려고." 이 글에 '좋아요' 란 누름이 많았다. 웃픈(웃기면서 슬픈) 현실이다.

박근혜 정부가 들어서면서 핵심 화두는 '창조경제' 다. 창조경제 핵심 중 하나가 바로 '스펙초월 채용시스템' 이다. 안타까운 건 창조경제 정의 자체도 애매하고 그것을 실행하는 정부 역시 애매하게 일을 추진해 구호를 위한 구호가 되는 것 같다.

구호를 위한 구호라 하지만 각 기업도 줄줄이 스펙에 대한 심사를 줄이고 적성에 인문학 분야를 증가시키는 등 갖은 노력을 하고 있다. 공기업, 대기업 할 것 없이 스펙초월 채용은 최근 인력시장에서의 최대 이슈였다. 공기업을 중심으로 '스펙초월' 채용제도가 적극 도입됐고, 대기업들도 잇따라 스펙을 벗어나는 경향을 보여 왔다. 스펙초월 채용은 자격증, 어학 성적, 학점 등 점수로 환산되는 항목을 배제하자는 원칙에서 출발한다.

기업들도 지원자의 갖가지 스펙 보다 회사에서 요구되는 직무 적합성을 높이 평가해 맞춤형 채용을 하고 있다. 기존 스펙 대신 지원자의 자유로운 역량을 발휘할 수 있도록 적극적으로 채용의 문을 넓게 열어 놓은 것이다. 지금 취업을 꿈꾸고 준비하는 청춘에게는 얼마나 반가운 소식인가.

어느 취업포털사이트 직원 역시 창조경제의 스펙초월을 찬성하듯 "기업들이 스펙보다 인재상 부합 여부와 인성을 더 중요하게 평가하기 시작했다."며 "구직자들은 기업 인재상을 기반으로 적응력과 열정을 어필해야 경쟁력이 될 것이다."고 덧붙였다.

하지만 직접 면접을 보고 있는 나도, 주변 인사담당자의 말도, 실제 취업준비생이 느끼는 건 너무 달랐다. 아직도 스펙을 보고 있다. 단 스펙을 보는 이유를 생각해 봐야 한다.

어느 날 대학 선배이자 스펙초월 채용에 동참하고 있는 L 기업 인사 담당자를 만날 기회가 있어서 창조경제 스펙초월 채용을 조심스레 물어보았다.

"스펙을 초월해서 채용한다고 하던데 좋은 사람 많이 뽑혀요?"

"아, 그거. 생각보다 쉽지는 않네."

"이해는 갑니다. 적합 인재, 직무능력 등등 뭐라 해도 일단 스펙이 있어야지요."

"아니, 그게 문제는 아니야. 기업은 정말 스펙보다는 인재를 채용하려했지."

"그래요? 근데 뭐가 문제예요?"

나는 당연히 기업들이 정부의 눈치를 보고 약간 '척'을 한다고 생각했다. 아무리 그래도 영어와 학점을 무시하기에는 그 점수가 가져다주는 영향력이 꽤 크다고 생각했기 때문이다. 말로는 스펙을 초월하여 채용한다고 하지만 일회성 또는 소수에 그칠 거라 짐작했기에 대기업 인사담당자에게서 돌아온 대답은 내가 짐작한 방향과는 너무 달랐다.

"자기소개서가 다 비슷해. 그리고 경력들이 다 거기서 거기야. 기업이 원하는 스토리와 이력을 가지고 있는 청춘들이 거의 없는 것 같아. 그게 많이 아쉬워. 그러다 보니 기업 입장에서도 어쩔 수 없이 점수를 기준으로 해서 채용할 수밖에 없더라고."

나는 잠시 멍했다. 인사담당자는 그런 사람을 뽑고 싶어도 없다는 것이다. 그럼 누굴 뽑느냐 물어보니 조금은 다른 경험을 한 사람을 뽑는다는 것이다. 다른 경험이란 말을 듣고 우리나라 현실을 생각했다. 질 좋은 사교육으로 좋은 대학을 나와서 안정적인 직업을 가지는 것이 인생 최대의 목표로 교육하는 현실이다. 물론 취업이 인생에 있어서 중요한 부분을 차지한다. 그러다 보니 초중고 교육뿐 아닌 대학교육에서도 취업에 맞추어 가르치고 있는 게 현실이다. 참으로 다르게 살기 힘든 여건이다.

그렇다고 포기할 수 없지 않은가? 여기서 우리는 딱 1도만 생각을 틀어보자. 1도만 틀어도 라디오 같은 자기소개 속에서 엄청난 금맥이 나올 수 있다.

최근 모 자동차회사에 취업한 후배 J가 있다. 한때 뉴스에 아버지가 정규직이면 아들도 정규직 채용 시 상당한 혜택을 준다는 '정규직 세습화' 문제가 나온 회사다. '채용장사' 거래금액까지 공공연히 돌고 있을 정도로 입사경쟁이 치열한 회사라 할 수 있다. J가 합격했다는 소리를 듣고 축하주를 사주며 취업현장의 진짜 이야기를 해주었다.

"저, 거기 합격했다고 하니 가장 많이 듣는 질문이 뭔지 아세요?"

"뭔데?"

"'너 거기 아는 사람 있냐?' 또는 '얼마 썼냐?' 이예요."

그 말을 듣고 J와 나는 쓸쓸한 표정을 지었다. J가 합격할 수 있었던 진짜 이유는 삶의 굴곡과 극복과정을 적극 어필해서였기 때문이다. J는 2년제 대학을 졸업하고 비정규 생산직으로 취업했다. 그곳에서 12시간 넘는 생산직으로 일하고 물먹은 솜 처럼 푹 처진 몸으로 자격증을 하나둘씩 취득했다. 동료들이 술 먹을 때 왕따를 각오한 그만의 노력이었다. 자동차 관련 기능사는 물론 기사에 합격하며 나름 삶의 스토리를 만들었다. 그리고 삶의 비전을 새로 세운다. 바로 자동차에 관련한 최고 기술자가 된다는 것이다. 이런 과거 이야기와 앞으로 비전을 면접관에게 당당히 말해 합격할 수 있었다고 한다. 지금도 그 꿈을 버리지 않고 꿋꿋하게 나아가는 J를 응원한다.

J를 보며 취업할 곳이 없다는 취업준비생이나 스펙초월 인재가 없다는 인사담당자가 생각났다. 자기소개서에 무엇을 쓰는지 말이다.

결국, 뻔한 자기소개를 버리고 Fun한 자기소개가 필요한 것이다. 지금 사회에서 궁금한 것은 당신의 살아온 길이 궁금한 것이 아니다. 그 길 위에서 무엇을 느끼고 성장했는지 청춘들의 생각이 궁금한 것이다. 똑같이 학교를 나오고 아르바이트를 하고 많은 경험을 해도 어떻게 느끼고 성장했는지가 중요한 'Key'인 것이다. 학점이 몇 점이고, 어학이 몇 점인지도 중요하지만, 그 학점과 어학 실력을 배우면서 무엇을 느꼈는지가 중요하다는 걸 뜻한다. J는 자동차 회사에 취업하기까지 자격증 Key와 미래의 Key가 있었고 그걸 어필했다. 라디오 같은 자기소개는 아니다.

다르게 쓰일 자기소개서를 마련하는 일이 너무나 힘든 것은 알고 있다. 그 경험 역시 돈이 있어야 하는 사회다. 하지만 누구는 그 틈에서 다른 자기만의 무기를 만든다. 네이버 웹툰에 『와라 편의점』의 지강민 작가는 편의점 아르바이트 경험을 쌓아 네이버 웹툰의 유명 작가가 되었다. 이처럼 같은 경험에 어떤 의미를 부여하느냐에 따라 달라지듯 라디오 같은 자기소개 속에 같은 경험도 다르게 쓸 수 있도록 하자. 추가로 1도만 다르게 노력해서 다른 경험도 같이 겸비하는 자기소개서를 준비하자.

CHAPTER 3

천직 찾기,
해볼 만한 미친 짓

똘똘한 청춘으로 거듭나는 나~

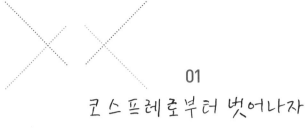

01
코스프레로부터 벗어나자

수능을 마치고 보름 넘게 학교와 집에서 너무 자유로운 시간을 보내던 어느 날 전화 한 통이 왔다.

"수연아! 너 뭐 하니? 얼른 특차 전형 입시지원서 사서 학교로 와라."

학교생활은 물론 수능이 끝나고도 내 점수에 관심이 없었다. 그런 나에게 담임선생님은 입시지원서를 사오라고 하셨다. 그것도 특차전형으로 말이다. 당시 기억으로 나름 지역에서 좋은 대학교이긴 하나 비인기 학과에 특차전형으로 원서를 넣을 수 있는 성적이었던 걸로 기억을 한다. 요행인지 불행인지 그 학과는 담임선생님의 예측대로 미달이 되었다. 그리고 긴장감 없는 면접을 치르고 대학교에 입학하게 되었다. 이게 내가 대학을 입학하게 된 스토리다. 배움의 즐거움, 미래에 대한 진지한 고민, 사나이 기백 그런 것 없이 말 그대로 어쩌다 입학하게 된 것이다.

그 당시 담임선생님은 나름 지방 국립대의 입학을 위해서 전략적인 입학 작전(?)을 성공적으로 마치게 되었다. 그리고 대포(대학포기) 반이나 다름 없던 나를 국립대에 입학시켜준 선생님께 고맙다며 부모님은 식당에서 잔치를 벌이셨다. 나는 기뻐하는 부모님을 보니 그냥 좋았고, 갑자기 늘어난 용돈에 헤벌쭉하고 다녔다. 그런데 그때 그 결정이 얼마나 아쉬운 결정이었는지 지금에서야 깨닫고 있다. 물론 아직 학연 중심인 대한민국에서 전략적 입학을 선사해주신 담임선생님과 부모님께 감사드리고, 지금까지 사회생활에 도움은 되었지만 정작 내 개인 생활에 큰 도움을 주었다고는 확신하지 못한다. 대학생활은 보장되었지만 내가 들어가는 과에 대해 하나도 모르는 나로서는 내가 원하는 직장 및 천직에 대한 보장은 없었기 때문이다. 그때부터 나는 대학생인 척하기 시작했다. 밤을 새우며 술을 먹고, 직업을 방황했고, 아르바이트하며 돈도 벌고, 이별도 경험했다. 그저 대학생인 척하는 세월을 4년이나 보낸 것이다.

지금의 입시 상황과 직업탐색 상황은 예전보다 많이 좋아졌다. 지역별 지자체나 학교에서도 학생들의 성적뿐 아니라 적성검사 등을 통해서 진로탐색, 천직 찾기의 활동이 활발하게 이루어지고 있으니 말이다. 물론 내 세대 이전은 더했을 것이다. 무조건 판검사를 해야 성공한다고 믿고 적성 따위는 개나 주고 법 공부를 시켰던 부모들이 허다하니 말이다. 그에 비하면 나는 그래도 법 공부는 강요받지 않았으니 내 적성 중 하나는 배제한 배려를 받았다. 다행히 북유럽의 교육방식이나 서구의 직업관이 한국에 알려지면서 조금은 개방적인 부모들이 청춘들의 재능이나 직업에 대한 정의를 알려주려 하고 관심이 있는 모습은 긍정적인 모습이다. 하지만 아직도 이와 반대로 청춘들이 직업이나 재능에 대한 정의 또는 목적을 알지 못한 채 좀비처럼 대학을 오가고 있는 것이 현실이다.

분명 대학을 들어오기 전까지 우리 청춘들은 학교나 가정에서 특별한 아이였고, 잘 짜인 시간표에서 행동하는 공주님, 왕자님이었을 것이다. 하지만 대학을 오니 시간표가 없다. 아니 강의 시간표는 있는데 내 인생의 시간표는 없다. 조금 더 정확히 표현하면 지금까지는 인생의 시간표가 없어도 잘 지냈던 시절인데 대학을 들어오니 인생의 시간표가 필요한데 어떻게 짜야 할지 막막하다. 대학이라는 성인의 신분에서 중요한 것은 강의 시간표가 아니라 그 이외의 인생 시간표가 나를 좌지우지할 것인데 알려주는 사람도 없고, 그걸 가지고 있는 사람도 주위에 별로 없다.

그 이유는 바로 아직 진정한 성인이 되지 않았기 때문이다. 성인이 된다는 것은 시간을 내 마음대로 쓸 수 있고, 그 시간에서 내가 수익을 창출하든 소비를 하든 누구 하나 관여하지 않는다. 다만 성인은 책임만 있을 뿐이다. 하지만 지금 대학을 다니는 청춘들은 대학생은 맞지만 '성인 코스프레'를 하고 있다. 전혀 성인이라 할 수 없다.

대학을 거치면 사회에 나가게 되어 있는데 할 줄 아는 건 공부밖에 없다. 그 공부도 단순히 지식을 쌓는 공부에 연연한다. 이제 곧 사회에 나가야 하는데, 나가서 수익을 창출해야 하는데, 그냥 단순 지식만 들여다보고 있는 것이 현실이다. 대학이다. 클 대(大)와 배울 학(學)을 보면 느끼는 것이 없을까. 큰 배움이라는 것이 과연 학교에서 알려주는 전공서적의 어려운 단어와 저녁에 배우는 영어가 전부일까? 그것을 가지면 대학을 거쳐 사회에 나가서 만족하는 인생을 살 수 있을까?

이는 비단 대학생들만의 문제는 아니다. 지금 사회에 나와서 수익을 창출하고 있는 청춘들도 마찬가지다. 공무원, 직장인, 사업가 할 것 없이 이들은 성인이다. 대학생들이 '성인 코스프레'를 하고 있다면, 이들 성인은 '행복 코스프레'를 하고 있다. 공무원인 청년들은 노년에 보장되는 연금을 바라보고 지금의 무의미한 반복적인 업무가 천직이라고 말하며 행복하다 한다. 때로는 직장인들은 구조조정 되는 동료들을 바라보며, 일할 수 있음에 행복하다며 위안하고 있다. 사업가인 청년들은 그래도 사무실에서 눈치를 안 보고 돈 버는 게 어디냐며 사장이란 호칭에 행복감을 느낀다. 물론 위에 언급한 세 가지의 직군에서 정말 열정적으로 임하여, 만족도도 높고 행복감을 느끼는 사람들도 존재할 것이다. 하지만 내 주위의 평균을 보아하니 그다지 많아 보이지는 않는다.

그러면 우리가 평생을 찾아도 찾기 힘든 나만의 천직을 찾기 위해서는 어떻게 해야 할까. 우선은 지금 가지고 있는 모든 것을 잠시 내려놓자. 즉 대학생이면 지금 본인이 대학생이 아닌 백수라고 생각하고, 사회에 발을 디딘 성인이라면 현재 본인이 얻고 있는 금전적 보상이나 사회적 위치를 벗어던지고 알몸이 되어야 한다. 현재 본인을 휘감고 있는 성인 코스프레,

행복 코스프레를 벗어 버리자. 그리고는 아래 두 가지에 대해서 완전히 몰입하여 성찰하고 그에 대해 심사를 해야 한다.

첫 번째, 나만의 직업관에 대한 정의를 내려야 한다.

누구나 생각하는 직업에 대한 정의는 다르다. 직업의 사전적 정의는 '개인이 사회에서 생활을 영위하고 수입을 얻을 목적으로 한 가지 일에 종사하는 지속적인 사회 활동'을 뜻한다. 이에 청춘들이 사회에서 어떤 생활을 영위하고, 얼마만큼의 수입을 얻을지는 개개인의 직업관에 따라 달라진다. 즉 가치 있는 직업관을 어디에 무게중심을 둘 것인지는 본인 스스로 정해야 하는 몫이다.

만약 무조건 돈을 많이 버는 직업이 좋다고 해서 200층짜리 건물의 유리창 닦이 제안이 왔을 때 수락할 것인가? 여기에는 어떻게 생활을 영위하느냐가 걸림돌의 문제이다. 만약 수입만 가치로 둘 경우에 고소공포증이 있는 사람은 분명 이직을 해야 할 것이다. 물론 직업은 수입을 목적으로 하고 있기에 많은 수입을 원하는 것에 대해서 속물이라 치부할 수 없다. 다만 직업관의 정의를 내릴 때 재물, 권력, 명예, 안정, 즐거움, 만족 등 수많은 가치 중에 본인이 원하는 가치에 합당하는 수입을 목적으로 정해서 각 개개인에게 맞는 직업관을 가지는 것이 첫 번째 요소이다.

두 번째, 재능을 발견해야 한다.

보통은 재능을 발견하고 그에 따라서 직업을 선택한다고 믿고 있다. 하지만 직업에 정의를 먼저 내리고 재능을 발견해야 순서가 맞는다. 예를 들어 내가 저글링을 아주 잘해서 서커스단에 들어가 평생 저글링을 하며 살고 싶다는 꿈이 생겼다고 하자. 그런데 막상 들어가 보니 근무시간이 너무 많거나, 원하던 수입이 들어오지 않는다고 가정해 보자. 그럼 내가 원하는 직업관과 거리가 멀면 어느 순간 나의 재능이 너무 하찮아 보인다. 하지만 내가 근무시간이나 수익에 연연하지 않는 삶이 내 직업관이라면 당연히 문제가 되질 않는다. 그러므로 직업관에 대한 정의 후 재능을 발견해야 한다.

재능의 사전적 정의는 '어떤 일을 하는 데 필요한 재주와 능력'이라고 한다. 그래서 대부분의 청춘이 지금 잘하는 일이나, 좋아하는 일을 재능이라 생각하기 쉽다. 하지만 재능의 또 다른 정의는 '개인이 타고난 능력과 훈련으로 획득된 능력'까지 아울러서 재능이라 정의한다. 그래서 본인이 잘하거나 좋아하지 않아도 훈련할 마음만 있다면 충분히 재능으로 발견할 수 있다. 소질이 있기에 재능이고, 좋아하기에 재능이라는 고정관념을 먼저 깨고 자신의 재능을 발견해야 한다.

코스프레는 내 삶이 아니다. 또 잘 어울리지도 않는다. 인생시간표는 내가 짜는 것이고 그것에 맞는 천직도 내가 만들어가는 것이다. 어울리지도 않는 옷을 벗어버리고 해볼 만한 미친 짓, 천직을 직업으로 승화하자.

02
천직은 데이터가 아닌 발에서 강림한다

강사들은 대부분 다른 명강사의 강의 동영상을 보는 경우가 자주 있다. 그날도 역시 다른 강사들의 새로 업데이트된 15분의 강의를 들어보고자 클릭을 하고 있었다. 그런데 갑자기 평소와 다르게 국악이 울려 퍼지며 시작이 되었다. 간만에 팝이나 가요가 아닌 민요를 들어보니 괜찮기에 계속 듣고 있었다. 그렇게 민요가 끝나니 한 젊은 청년이 한복을 입고 나와서 자기소개를 하기 시작했다.

"안녕하세요. 저는 아리랑 유랑단 단장이자, 한국 문화기획꾼 문현우라고 합니다."

단장이라는 직함은 알겠는데, 문화기획팀장도 아니고 문화기획단장도 아니고 문화기획꾼이라고 소개한 청년이 나에게 신선하게 다가왔다. 그렇게 그 청년의 강의를 듣고 나서 흥미를 느낀 나는 블로그나 여러 가지 기사들을 찾아보기 시작하면서 이 청년이야말로 지금 시대의 제대로 된 직업을 가진 청춘이자, 성인이 되어 직장인이라는 직업을 가진 나 자신을 부끄럽게 만드는 청춘이라고 생각했다. 여기서 아리랑 유랑단은 전 세계 도시를 돌며 세계인, 재외동포에게 한국문화와 아리랑을 활용하여 문화외교 또는 문화교육 활동을 하는 청년 민간 외교단체라고 보면 된다.

이 청년은 아직 인정받지 못한 생소한 한국 문화기획꾼이라는 창조직업이 본인 가슴속에는 세상 하나밖에 없는 직업이라 자부심이 가득하다. 아리랑 유랑단의 전반적인 세계 일주의 내용은 극적이고 현실적으로 불가능해 보이긴 한다. 하지만 문현우라는 단장이 세계 일주를 실현에 옮기고 결과를 얻을 수 있었던 것은 발의 힘이라고 볼 수 있다.

모두가 불가능할 것이라는 편견을 버리고 단원들과 함께 117일간의 아리랑 세계 일주를 끝마친 활동은 지금 청년들에게 귀감이 될 것이다. 워낙 많은 것을 발로 뛰다 보니 20대 후반인 청년에게는 직함이 교장 선생님, 단장, 공장장, 작가 등 많은 직함이 달려 있다. 지금 직장을 다니든 취업을 준비하는 청춘이든 하나의 직함 또는 하나의 직업조차 갖기 힘든 시대에 이 청년은 스스로 많은 직업을 창조하고 발전시킨 것이다.

이렇게 발전적인 청춘이 있는가 하면 아직도 우물 안 개구리처럼 이유 없이 울어대는 청춘들도 많다. 우리 회사뿐 아니라 주위 친구들을 봐도 회사에 만족하지 못하고 불평과 불만을 늘어 놓는 청춘들이 허다하다. 과연 회사가 그 청년들에게 정말 못해서 불만이 생기는 것일까, 아니면 천직이 아님에도 매달려 있는 청춘들이 잘못일까. 이는 청춘들 본인 스스로가 알고 있다. 본인의 불만족을 하릴없이 외부의 요인으로 돌리고 있다는 것을 말이다. 본인이 먼저 직업에 대한 가치관을 재물이나 권력에 두고서 이에 만족하지 않으니 눈에 보이지 않는 회사라는 허상에 대고 불만을 털어 놓는 것이다. 하지만 문현우라는 청년은 본인의 자식에게 아래와 같이 얘기하고 싶다고 전한다.

"네가 하는 일을 싫어하는 얼간이만은 되지 마렴. 네 인생은 너의 것이란다."

우물 안 개구리처럼 울어대는 청춘이 많지만, 이처럼 진취적이고 발전적인 청춘이 많다는 것은 참 긍정적인 신호다. 여기 아리랑 유랑단의 단장만큼이나 발로 뛰어 자기만의 영역을 구축한 청춘이 또 있다. 이번에는 진짜 발로 뛰는 청춘이다. TV프로나 여러 블로그에서 많이 접했겠지만, 홍대에서 인력거 하나로 홍대의 명물로 다시 태어난 청년이 있다. 나이 27살에 본인이 다니는 멍청한 회사 대표를 위해 일어나는 시간이 아깝다고 할 정도로 진취적인 사고방식을 가졌다. 한국에는 인력거가 없고, 교통체증이 심한 서울 도심에서 하기에는 더더욱 좋은 창업이라 시작했다고 한다. 인력거를 모는 본인은 운동이 돼서 좋고, 뒤에 탄 손님이 즐거워하면 나는 행복해서 좋다는 걸 이미 경험해 보았기에 잠시의 고민도 없이 바로 실행으로 옮기게 된 것이다. 이 인력거를 한국에 들여와 사업을 확장한 이인재 대표가 쓴 책 『즐거워야 내 일이다』에는 이런 한 마디가 있다.

"남들이 하지 않은 일을 시작해서 지금까지 이어올 수 있었던 것은, 다른 사람의 가르침에 기대기보다 내가 몸으로 부딪쳐 느끼고 배운 바를 실천하며 살고 싶었기 때문이다. 내 인생을 실험하기에 창업은 최고의 선택이었다. 창업으로 얻는 성취감과 짜릿한 묘미는 경험하지 않으면 모른다. 아마도 우주에서 지구를 보고 느끼는 경이로움보다 더할 거다."

위 두 청년의 삶은 너무나 비슷하다. 남들이 가지 않았던 길을 가거나, 즐거운 본인의 일을 개척하는 모습은 마치 거울을 마주하는 것 같다. 하지만 외부에서 보기에 또는 지금 청춘들이 실행하기에는 현실과 동떨어진 다른 청춘의 성공사례처럼 보일 것이다. 하지만 과연 이들은 진짜 보통 청춘들과는 다른 '특별한' 청춘일까? 부모에게 다른 유전자를 물려받아 새로운 DNA를 가진 청춘일까. 그렇게 생각해서 본인의 마음이 편하다면 할 수 없지만, 결코 이들은 새롭거나 특별한 청춘일 수 없다. 우리랑 똑같이 태어나고 똑같은 환경에서 나고 자라온 내 친구이자 동료일 뿐이다.

한국무역협회가 2014년 공개한 《청년 창업가의 성공 DNA를 찾아라》의 보고서에 따르면 최근 창업을 주도하는 청년들은 누구나 접근할 수 있는 진입장벽이 낮은 요식업의 창업보다는 아이디어, 지식, 기술을 기반으로 한 기회 추구형 창업을 주도하는 것으로 나타났다. 더불어 성공한 청년 사업가에게는 아래와 같은 8가지 특징이 있다고 한다.

하나, 일에 가치를 부여해 공익적 목적이나 신념과 연계해 창업한다.

둘, 즐기는 창업으로 트렌드를 주도한다.

셋, 혁신적이고 창의적인 아이디어를 사업화한다.

넷, 창업 지원 정책을 적극적으로 활용한다.

다섯, 관련 업종에서 다년간 경험을 쌓아 창업의 리스크를 최소화한다.

여섯, 거침없는 추진력을 보인다.

일곱, 인적자원의 중요성을 인식한다.

여덟, 성실, 부지런함이 성공적인 창업의 바탕을 이룬다.

물론 이렇게 새로 창업을 하거나 도전적인 목표를 가진 청춘만이 성공한 청춘이라고 속단하기는 이르다. 어느 공무원의 자리든, 작은 기업의 직장인이든 본인이 맡은 책임과 역할을 묵묵히 수행하는 청춘들도 다른 시각에서 성공한 청춘이라 할 수 있다. 다만 지금의 자리에 불만족하고 본인의 천직이 아님에도 불구하고 그 자리에 연연하며 지키고 있는 청춘들에게 던지는 메시지다. 더불어 지금의 사회 구조를 탓하고, 본인의 한계를 자책하며 허송세월하고 있을 대학생 또는 직장인에게 던지는 메시지다. 또는 도전하고 싶지만, 용기가 부족해 실행에 옮기지 못하는 청춘들도 포함된다.

지금 소개된 청년들은 글이나 숫자에서 천직을 찾기보다는 본인이 진짜 하고 싶은 일을 할 수 있는 용기, 더불어 계속되는 시련에도 굴하지 않는 끈기, 분명 이룰 수밖에 없다는 본인의 신념, 그리고 마지막으로 이 모든 걸 추진하는 데 있어서 머리가 아닌 발로 이루었기에 진정한 천직 찾기에 성공한 것이 아닐까.

지금 이 시간에도 창업의 80%가 2년 이내에 폐업한다든가, 직장인들의 명예퇴직 등 나이가 점점 어려지고 있다는 뉴스가 나오고 있다. 뉴스는 데이터를 기반으로 내용을 전달하기에 분명 사실일 것이다. 그리고 그 통계는 분명 정확할 것이다. 하지만 지금 청춘들이 관심을 가져야 하는 것은 실패에 대한 데이터를 기반으로 움츠리고 행동하지 않는 청춘들의 이야기보다, 미약하지만 본인이 하고 싶은 일의 즐거움을 찾아 발로 뛰고 역동적인 방법으로 성공한 청춘들의 이야기에 귀를 기울여야 한다.

03
꿈과 목표, 같은 말이 아니다

한국인이 좋아하는 취미 1위가 무엇일까? 이 취미는 결속력을 다지고 흐트러진 마음을 다잡는 행사로도 자주 사용된다. 대학에서는 교수님과 함께하고 회사에서는 간부 또는 상사와 함께한다. 법원에서는 주말에 이 취미를 거래업체와 함께했다면 업무연장이라 인정받아 법적 보호를 받는 취미다. 이 취미는 무엇일까? 바로 등산이다.

등산이 결속과 마음을 다잡는다는 정확한 과학적인 근거가 없어도 모두 그렇게 믿고 산에 올라간다. 나 역시 낑낑대며 오르지만, 막상 올라가면 상쾌한 기분과 성취감 때문에 등산을 스스로 할 때가 많다.

힘들지만 정상에 올라가면 구름 사이로 내려 보이는 산 아래 모습을 감상하고 커피 한잔 하는 느낌은 아는 사람만 안다. 그날도 커피 한잔 하며 산 아래를 구경하고 있는데 동료가 가방에서 무언가 꺼내 종교의식을 치르듯

뚫어져라 작은 물건에 집중하고 있었다.

　나도 모르게 호기심이 발동해 무엇을 하나 구경했다. 동료 손에는 나침반이 있었고 지침이 북쪽을 가리키고 있었다. 이상한 점은 지침이 유독 떨리고 있었다는 점이다.

　"수연 씨, 지침이 떨리는 거 보이세요? 나침반이 정상이면 지침이 떨리는 게 당연합니다."

　"그럼 고장 나면 지침은 떨지 않겠네요?"

　"네, 고장 나면 방향은 알려줄지 몰라도 떨지 않지요."

　짧은 대화였지만 내려오는 길에 우리의 삶을 투영시켰다. 어디가 북쪽인지는 고장 난 나침반도 알려준다. 하지만 떨리지 않는다. 제대로 된 나침반은 북쪽을 가리키고 있으며 움직이는 태세를 하는 것처럼 지침이 바들바들 떨리고 있다. 이 책을 보고 있는 청춘들은 어떠한가? 고장 난 나침반일까, 제대로 된 나침반일까? 그리고 더불어 본인이 가고자 하는 방향을 정확히 알고는 있는가 말이다. 삶에서 떨림을 유지하며 인지하고 있다면 그것은 나이를 떠나 제대로 된 청춘이다. 오히려 사회에서 정해놓은 틀에 또는 자기만의 틀에 갇힌 채 미동도 하고 있지 않다면 그것은 정상의 나침반이 아니다.

　잠시 몇십 년 전으로 돌아가 보자. 교실 안 선생님이 묻는다. "여러분의 꿈은 무엇입니까?" 우리는 초롱초롱한 눈빛으로 "저는 대통령이요.", "과학자입니다.", "선생님이 되고 싶습니다." "아이돌 가수요." 저마다 가지고 있는 꿈들을 이야기한다. 당시 그 꿈이 이루어지는 상상을 하면 떨리고 행복했다.

다시 지금으로 돌아와 보자. 대학에 입학한 청춘이며, 좋은 대기업에 입사한 직장인이며, 돈을 많이 벌어서 부를 누리고 있는 주위의 모든 사업가가 모두 그 시절처럼 행복하고 보람을 느끼고 있는지 말이다. 답은 모두가 행복하지 못하다.

그렇지 못한 것은 바로 꿈과 목표에 대한 정의를 잘못 내리고 있기 때문이다. 꿈이라는 것은 수치상으로 나타내지 못하는 형이상학적이며 더불어 추상적인 목적을 우리가 꿈이라고 할 수 있다. 그리고 이것을 이루기 위해 여러 가지 계획을 세우고 이를 달성하기 위해 추진하는 것이 '목표'라는 것이다.

목표라는 단어는 영어로 'Goal'이라 표현한다. 그렇다면 우리가 축구를 예시로 들어보자. 어느 프로구단이든 명문구단으로 만드는 것이 바로 꿈에 해당한다. 그 꿈을 이루기 위해 축구경기를 하고 선수들이 구단을 위해 열심히 운동장을 누비게 된다. 축구경기에서 한 골을 넣었다고 그 경기에서 이길 수 있을까? 아니다. 상대가 두 골을 넣게 되면 지는 것이다. 즉, 한 골을 넣는 것은 경기에서 이기고자 하는 더 큰 목표를 이루기 위한 작은 목표이다. 그렇게 한 경기씩 이기고 리그 우승을 차지했다고 명문구단이 되는가? 아니다. 리그를 벗어나 나라 간의 더 큰 리그를 우승해야 하는 목표가 또 생기게 된다. 그렇다면 모든 리그를 섭렵하고 우승했다고 명문구단으로 탄생할까? 아니다. 감독부터 선수들의 페어플레이 정신과 더불어 사생활 관리까지 모든 것이 톱니바퀴처럼 맞물려 돌아가야 결국, 누구나 인정하는 명문구단이 될 수 있다. 하나만 이루었다고 모든 걸 이룬 것처럼 착각하게 되면 오히려 허탈감이 밀려오기 마련이다.

2004년 초 미국의 월스트리트저널에 처음으로 '슈퍼노바 증후군'이라는 심리학 용어가 사용되었다. 슈퍼노바는 초신성을 뜻하는데 별의 진화 최종단계에서 대폭발을 일으켜 엄청난 에너지를 순간적으로 방출한다. 그 밝기가 평소보다 수억 배에 이르렀다가 서서히 사라지는 현상을 말하는 천문용어이다. 이 '슈퍼노바 증후군'은 정상을 향해 온 힘을 쏟아 인생을 살아온 사람이 성공을 이룬 뒤에 갑작스럽게 허탈감을 느끼는 증상이다.

또한, 미국의 최고경영자들에게 자주 나타나는 정신적 이상 상태라 정의하게 되었다. 이런 증상이 심해지면 사람들은 심각한 권태감과 무력감을 느끼게 되며, 심한 우울증에 빠지기도 한다고 설명했다. 이를 극복하기 위해서는 넘쳐나는 열정을 일과 성공뿐만 아니라 가족관계, 취미활동, 봉사활동과 같은 분야에서도 시간과 노력을 들여야 한다고 이야기한다. 여기에 평소에 긍정적이고 낙천적인 사고를 통해 정신건강을 돌보아야 한다고 설명하고 있다.

우리는 슈퍼노바 증후군에 안전할까? 지금 우리는 성과주의 사회에 살고 있다. 그러다 보니 스스로 나태해지는 법을 모른다. 목표를 이루고자 하는 야망이 강한 사람들이 주위에 도사리고 있다. 나이를 떠나 모두에게 목표를 강요하다 보니 청춘들도 이 강요에 휩쓸려간다. 청춘들에게 너무 힘든 과제들을 쉴 틈 없이 주고 있다. 또한, 청춘들 역시 여기에 도취해 모든 과제를 멈추지 않고 달려가며 끊임없이 해결하려 한다. 그러면서 본인이 살고자 하는 꿈과 목표를 어느 순간 헷갈리거나 잊게 되면서 아무리 목표를 이루어도 만족을 모르고 살아가게 되는 것이다.

명문대학에 입학하게 되더라도, 대기업에 입사하더라도, 승진을 빨리 하더라도, 돈을 많이 벌게 되더라도 그것이 우리에게 주는 만족도는 절대적으로 높을 수는 없다. 그것은 꿈이 될 수 없기 때문이다. 단지 작은 목표에 지나지 않는 것이다. 내가 여기서 말하고 싶은 것은 목표를 우습게 보자는 것이 아니라 꿈과 목표를 헷갈리거나 잊은 나머지 목표를 이루고서 자신의 꿈을 이룬 것 마냥 그 작은 성공에 도취하지 말자는 것을 청춘들에게 이야기하고 싶은 것이다.

그렇다면 꿈과 목표를 어떻게 구분하고 이를 가슴속에 새길까? 정확히 말하면 나는 이 시대 청춘들에게 꿈에 대해서 정의 내려 줄 수 없다. 다만 본인의 꿈을 찾아가는 방법은 제시해 줄 수 있다. 바로 'Why'이다. 흔히 기업에서도 영업목표나 회사의 수익달성을 하기 위해서 '5 Why' 기법을 쓰기도 하는데 우리가 꿈을 찾아가는 데 분명 필요한 단어가 바로 'Why'다.

지금 자신이 세운 목표들을 한 번 나열해 보자. 좋은 대학을 가고 싶다는 목표도 좋고 OO 기업에 취직하고 싶다는 목표도 좋다. 그 무엇이든 지금 본인이 가지고 있는 몇 가지의 목표를 한 번 나열해 보자. 그리고 하나의 목표에 대해서 '왜?' 라는 질문을 던져보자. 예시를 들어보면 아래와 같다.

좋은 대학에 입학하고 싶다	왜?
좋은 직장을 얻기 위해서	왜?
안정된 수입으로 결혼할 수 있어서	왜?
안정된 가정을 꾸리고 노후를 잘 보내기 위해서	왜?

'왜?' 라는 질문을 끊임없이 찾다 보면 결국 목표를 알게 된다. 또한, 그 과정에서 성장하고 또 다른 목표를 찾게 된다. 결국, 목표는 성장과 함께한다. 그래서 『즐겨야 이긴다』의 작가 앤드루 매튜스는 "중요한 것은 목표를 이루는 것이 아니라 그 과정에서 무엇을 배우며 얼마나 성장하느냐 하는 것이다."라 말했다.

'왜?' 라는 질문에 당연히 처음부터 원하는 답을 얻을 수는 없다. 하지만 이와 같은 질문을 꾸준히 연습하게 되면 청춘들의 진짜 인생을 찾아갈 수 있으며 목표를 세움과 동시에 그 목표가 갖는 의미를 자신에게 분명하게 설명할 수 있다. 나아가서 목표가 실현되었을 때 얻게 되는 장단점을 명확하게 알고 있으며 목표의 수정도 용이할 수 있다. 바로 이 목표의 수정이 떨림이다. 처음 정한 목표가 무조건 올바른 길이며 청춘들이 가야 할 길이 아닐 수도 있다. 항상 바늘 끝이 움직이는 나침반처럼 북쪽은 가리키고 있되 항상 현실에 안주하지 않고 변화된 상황에 맞서 대처하는 청춘으로 거듭날 수 있다. 고장 난 나침반이 되어서는 안 된다. 그러기 위해서는 항상 본인의 꿈에 대해서 정확한 북쪽이 어디인지 가슴속 깊이 새기고 있어야 하는 것이 바로 '청춘의 나침반'인 것이다. 이 시대 청춘들은 정확히 꿈을 지니고, 그 꿈이 주는 떨림을 즐겼으면 한다. 청춘의 나침반을 재점검 해보자.

04
철학 없이 직업을 찾지 말자

마이클 샐던 교수의 『정의란 무엇인가』라는 책이 전국을 강타했다. 아픈 청춘들을 위로해주고 힐링을 해주던 책들이 흔한 '감성팔이'라고 치부되는 반면, 이성적인 샐던 교수의 책은 전국 수많은 청춘들에게 공감을 주었다. 그 책은 인문학으로 분류되기도 하지만 결국 인문학이나 문사철이나 비슷한 범주라고 생각하는 나 같은 사람이 많은 이상 철학이라 분류해도 하나도 이상할 것 없다. 이 책에 대한 평들은 대부분 불안한 국제 정서와 특히 정의가 죽었다고 표현할 정도의 대한민국 시대상에 꼭 필요한 책이라고 떠들어댔다. 세계 강대국들 사이에서 일어나는 돈의 전쟁이 결국 저성장시대를 맞이하게 되고, 자본주의인 대한민국 역시 영향을 받아 불만이 많았던 국내 정서와 딱 맞아 떨어졌다. 그래서 청춘들 사이에서는 정의가 사라진 시대에 정의가 꼭 필요하다고 외쳤다.

하지만 그때 당시 불었던 정의의 갈망은 왜 사라졌을까?

왜 우리 청춘들이 주장하는 시대상에 필요한 자세나 덕목들은 꾸준함을 유지하지 못하고 항상 바뀌고 떠돌아다니는 것일까. 이는 바로 우리 청춘들이 개개인의 철학을 정립하지 못하고 대중에 휩쓸려 다니기 때문은 아닐까 한다. 여기서 말하는 철학이라는 것이 소크라테스나, 칸트의 입에서 나올법한 유식한 단어로 이루어지는 그런 생각을 말하는 것이 아니다. 또한 우주 만물을 통찰하고, 주변 사람을 선도하며, 나를 깨끗하게 하는 그런 신비로운 생각을 말하는 것은 더더욱 아니다.

이 책에서 말하는 철학은 본인의 생각을 확고히 하고, 어떤 현상이나 사물에 대한 정확한 의견을 피력할 수 있는 주체적인 사고방식을 말하는 것이다. 결국, 사회현상에 대해서 이리저리 휩쓸려 다니거나, 뒤쫓아 가는 청춘은 철학이 없다고 말할 수 있다. 하다못해 옷을 입고 헤어스타일을 바꾸는데도 자신의 체형이나 얼굴은 생각하지 않은 채 유행을 쫓다 보면 전혀 어울리지 않은 옷을 입고 다니게 되는 꼴이다. 무조건 유행하는 옷을 입는다고 본인에게 모든 옷이 잘 어울리지 않는다. 그래서 이렇게 구매한 옷은 결국 한두 번 입고 버려지게 되고 다른 옷을 구매하기 마련이다.

다시 말해 철학 없이 생각하고 행동하게 되면 결국 일관성 없는 언행을 자주 하게 되고, 나중에 이것은 낭비된 청춘으로 되돌아오기 마련이다.

반면 청춘들이 자신의 인생을 살아가는 데 있어서, 본인을 표현하고 지킬 수 있는 역할이 바로 철학이며, 이 철학이 있는 청춘은 삶이 견고하다 할 수 있다. 이는 어느 자리든 자신에게 어울리는 옷과 헤어스타일로 다른 사람들의 워너비 스타일이 되는 것이다. 다시 말해 주관 있고 일관성 있는 철학을 가진 청춘이 되는 것이다.

여기서 잠시 사회를 탓하고 넘어간다. 그간 문사철이 청춘들에게 외면당한 가장 큰 이유는 아마도 '돈이 안 돼서' 일 공산이 가장 크다. 그 돈이 안 되는 이유 중 하나가 자기들끼리 지식자랑이나 하고 자기들끼리의 소유물처럼 공유를 하지 않았기 때문이리라. 즉, 스스로 엘리트라 칭하고 남들에게 대접받기를 바랐다. 그러다보니 문사철에 관심이 없는 일반적인 사람들에게는 그냥 뜬구름 잡는 사람들이나, 어려운 지식을 있는 그대로 얘기하는 사람들의 계층으로 받아들여져 전혀 다른 세상 사람들로 인식하게 되었다. 다행히도 요즘은 어려운 지식을 쉽게 얘기해주는 거리의 철학자도 나오고, 경제논리와도 친하게 지내는 문사철, 나아가서는 팍팍하고 어려운 삶에 문사철이 녹아들고 있어서 예전만큼 거리낌은 덜하다.

다시 본론으로 들어가서, 만약 철학이 없는 청춘들이 삶을 영위하게 되면 후회뿐인 상처, 나아가서 상처뿐인 영광을 얻게 된다. 정작 본인이 얻고자 했던 대학, 직장, 연애, 결혼, 가정 등을 모두 가졌으나, 막상 행복하거나 즐겁지 않을 확률이 더 높다는 것이다. 이는 자신의 철학에 의해서 선택하거나 결정지은 것이 하나도 없기 때문이다. 단순히 사회의 자본논리나 주위 사람들이 만들어낸 보편적인 가치를 따라왔기 때문이다. 보편적 가치로 편안함과 안락함의 기준을 세웠기에 감내해야 하는 부분이다.

철학은 나에게 너무 어려운 학문이다. 그리고 혹시나 오해가 있을지 몰라 거리의 철학자 강신주 씨의 내용을 그대로 옮겨본다.

"자본주의는 기본적으로 인간을 상품으로 그리고 화폐를 신으로 만드는 체계입니다. 그래서 우리는 인생 대부분 시간을 돈을 벌기 위해서 고단하게 보내지 않으면 안 되게 되어 있습니다. 단지 소비의 행복, 소비의 자유만이 존재했을 뿐이니까요. 우리는 자신만의 삶을 위해서 시간을 보내고 있지는 못합니다."

앞으로 고성장 시대는 다시 오지 않는다. 우리 아버지 세대처럼 불모지가 많고 해야 할 새로운 일이 많은 시대는 더더욱 오지 않을 것이다. 이는 당연한 논리다. 그렇게 되면 인간의 상품화는 갈수록 심해질 것이고, 화폐는 신의 자리를 더더욱 확고히 할 것이다. 하지만 정작 우리가 누릴 수 있는 소비의 행복과 소비의 자유는 더 줄어들 것이다. 아무리 좋은 직업을 구하고 내가 원하던 수입을 얻어도 우리의 행복과 자유는 더 박탈당할 것이다. 우리 청춘들이 철학을 배우기 전까지는….

그럼 앞으로 우리 청춘들이 철학을 배우고 지녀야 할 마음가짐은 무엇일까?

내가 주장하는 것은 누구나 아는 것이지만 실행하기 힘든 구절이다.

'지식보다 지혜를 추구해야 한다'

지금은 수많은 지식이 시간과 공간을 초월하여 널려있다. 마우스 하나만 있으면 언제 어디서든 모든 지식을 손안에 넣을 수 있다. 다시 말해 가면 갈수록 빅데이터 시대에서 살아남을 수 있는 사람은 이 지식을 남들과 다르게 활용하고 재창조하는 사람만이 대우를 받고 제대로 된 삶을 영위할 수 있다는 걸 의미한다. 이렇게 같은 조건에서 다양한 지식을 활용하고 재창조하기 위한 첫 번째 요소가 바로 지혜이다. 똑같은 그림을 보거나, 똑같은 책을 읽고도 이것을 남들보다 더 우수하게 재활용하고 재편집하는 활동은 지식이 아닌 지혜가 담당하기 때문이다.

초등학교 때 분명 우리는 지혜로운 동화 이야기를 많이 듣고 자랐다. 그렇지만 고등교육으로 넘어가면서 지식을 우선으로 하는 교육을 받으며 지혜의 소중함과 중요함은 어느덧 잊혀져 버렸다. 결국, 지혜보다 지식을 우선하는 사회풍토에서 우리 청춘들은 철학이 없는 상태로 방치되어 시간이 흘러왔다고 볼 수 있다. 그렇다고는 하지만 사회를 탓하지는 말자. 분명 우리는 어렸을 적 지혜로운 동물과 사람들에 대한 다양한 이야기를 배웠다. 우리가 망각하고 있기 때문이다. 청춘들이여! 다시 동화책을 꺼내어 보도록 하자.

간디는 국가를 망치는 7가지 죄악 중 하나를 '철학 없는 정치' 라고 했다.
그렇다면 나는 삶을 망치는 죄악 중 하나가 '철학 없는 청춘' 이라 말하겠다.

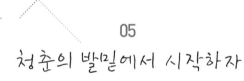

05
청춘의 발밑에서 시작하자

우리는 자본주의 사회에 살고 있다. 이 자본주의 사회를 투영해 다음 질문에 답해보자.

"10억을 준다면 교도소에 갈 수 있나?"

갑자기 뚱딴지같은 질문일지 모르겠지만 2013년 실제 우리나라 청소년을 대상으로 했던 설문조사다. 결과는 놀라지 마시라. 초중고 2,000명을 대상으로 질문한 결과 고등학생은 44%가 간다고 하고 중학생은 28%가 기꺼이 교도소에 간다고 했다.

인터뷰에서 어느 고등학생은 "10억이면 큰돈이잖아요! 선생님이 11년 일하고 아끼고 아껴서 6억 모았다고 하던데, 그거에 비하면 갈만하죠?" 오히려 반문했다.

　미국식 자본주의를 뛰어넘는 한국식 자본주의가 만들어낸 돈에 관한 우리의 인식이다. 또 돈을 위해 좋은 대학과 고액연봉 직장이 진리처럼 포장되고 있는 것이 우리의 모습이며 한탕주의에 빠진 모습이다. 나이를 떠나 자본주의가 만들어낸 우리 사회구조 변화를 단적으로 보여준 안타까운 조사다.

　청춘들의 상황을 봐도 비슷한 것 같다. 돈에 관한 욕망은 필요하지만 정작 중요한 걸 놓치고 있다고 생각한다. 이것 역시 자본주의와 그렇게 만들어버린 기존세대의 잘못이다. 하지만 그걸 무분별하게 받아들이는 청춘들도 많은 게 사실이다. 자본주의 상징인 다이아몬드에 관한 일화 하나를 소개하겠다.

　옛날 페르시아(지금의 인도)에 부유한 생활을 하는 '알리 하퍼드' 라는 농부가 살고 있었다. 어느 날 지나가던 늙은 스님이 하퍼드의 집에서 하루만 묵게 해달라고 요청했다. 그리하여 그날 밤 스님은 하룻밤을 묵게 되었으며 재미있는 이야기를 들려주게 된다. 세계가 어떻게 형성되었는지에 관한 전설을 들려주고 끝으로 다이아몬드에 관해서도 이야기하게 된다.

　"만약 그대가 엄지손가락만 한 다이아몬드를 얻게 된다면 이 지역의 토지를 모두 살 수 있으며, 만약 그대가 다이아몬드 광산을 얻게 된다면 그대의 아들을 왕으로 만들 수 있을 만큼의 큰 부를 누릴 수 있습니다."

　알리 하퍼드는 그날 저녁 귀중한 다이아몬드의 가치를 알게 되었고, 갑

자기 자신이 가난한 사람처럼 느껴졌다. 마음속에 다이아몬드 광산에 대한 잡념이 가득 차 잠도 제대로 이룰 수 없었다고 한다. 이튿날 아침 일찍 그는 스님을 깨우고 어떻게 하면 다이아몬드가 있는 땅을 찾을 수 있는지 방법을 가르쳐 달라고 졸라댔다. 견디다 못한 스님은 그에게 말했다.

"그러면 우선 백사(白沙)가 흐르는 높은 산의 하천을 찾고 만약 그 하천을 찾으면 그 백사 중에 꼭 다이아몬드가 있을 것입니다."

알리 하퍼드는 자기 소유의 밭과 땅을 모두 헐값에 팔아버리고 가족들은 이웃에게 부탁한 후 다이아몬드를 찾아 나섰다. 그러나 온 천지를 돌아다녔으나 끝내 다이아몬드를 찾지 못했고 지칠 대로 지친 그는 스페인의 해안에 뛰어들어 자살하고 만다. 그러나 놀랍게도 알리 하퍼드가 그토록 찾아 헤매던 다이아몬드 광산은 그가 팔아넘긴 땅에서 나왔다. 이 광산은 인도의 '골콘다 광산'으로 아직까지 인류 역사상 가장 훌륭한 다이아몬드 광산으로 알려졌다. 가장 가까이에 있는 행운을 놓친 셈이다.

이 이야기가 실화인지, 허구인지는 논란이 있지만 하퍼드의 모습은 우리와 같은 실수를 저지르고 있지 않나 생각한다. 대다수의 청춘이 지금 자신이 서 있는 위치에 대한 위대함을 모르고 있다. 그것을 모르고 있기 때문에 삶이 짜증스럽고 힘들다고 다들 외쳐댄다. 지금 주어진 환경에서 그리고 지금 존재하는 그곳에서 시작점을 찾아야 한다. 그 시작점이 어리석은 청춘에게는 보이지 않는다. 현명한 청춘만이 지금 서 있는 자리에서 시작점이 보이기 마련이다.

지금 있는 발밑에 무엇이 있는지도 모른 채 아직도 뭔가 허황된 뜬구름을 잡고 있는 것은 아닌지. 그 어떤 방법이든 가장 현실적인 출발점은 우리가 지금 서 있는 발밑에서 시작하는 것이 최상인데 말이다. 위에 소개한 알리 하퍼드 역시 허황한 꿈을 좇지 않고 자신의 발밑에서부터 다이아몬드를 찾았다면 분명 좋은 결과를 얻었을 것이다.

지금 이 시각에도 대학 도서관이며 고시원을 가보면 수험생들로 넘쳐난다. 길게는 10여 년을 공무원 또는 각종 고시를 위해서 열심히 공부한다. 즉, 시작점을 지금 위치한 도서관에서만 찾고 있다. 물론 그중에는 공무원에 합격하고 나라를 위해 봉사한다. 하지만 그렇지 못한 청춘들은 안정적인 급여를 주는 국가시험의 늪에서 허우적대며 시간과 돈을 쓰고 있다. 그렇게 몇 년을 보내고 결국은 눈높이를 낮추고 중소기업에 취업하거나, 아니면 30대 중반까지 여전히 그 끈을 놓지 못하는 청춘들을 여럿 봤다.

결국, 청춘들에게는 젊음이 힘이고 시간이 무기인데 그 시간을 본인이 계산하지 못하고 있는 것이다. 자신이 왜 공무원 또는 각종 스펙을 시작점으로 했는지 전혀 모른 채 멀리 남들이 좇고 있는 꿈을 같이 좇아가는 모습을 보인다. 생각보다 가까이 있는데도 말이다.

여기 대학교에서 그다지 좋지 못한 학점과 뛰어나지 않은 학구열로 인해 방황하던 시절을 보낸 J라는 청춘이 있다. 남들과 같이 공무원 시험에 뛰어들 자신이 있었던 것도 아니고, 그렇다고 스펙이 뛰어나서 대기업에 원서를 넣을 자신은 더더욱 없었다. 그래서 J가 선택한 것은 '아르바이트에서 시작점을 찾아보자' 라는 것이었다.

공무원이나 대기업을 바라는 것은 시간 낭비이며 돈 낭비라고 생각하게 된 J는 통신회사에 들어가 판매 아르바이트를 시작하면서 굳은 결심을 하게 된다. 남들보다 좋지 못한 성적과 스펙이라면 지금 몸으로라도 때워야 한다고 말이다. 그 당시 J의 시작점은 도서관이 아니다. 그렇게 현실을 직시하고 자신의 발밑에서 시작점을 갖게 되었다.

그렇게 20대 중반에 시작된 아르바이트는 계약직과 정규직을 거쳐 결국은 20대 후반에 연봉 5천만 원 가까이 이르게 되었다. 여기서 연봉을 공개한 이유는 자랑하고자 하는 것이 아니다. 다들 공부하고 스펙을 쌓아서 대기업에 입사하면 20대 후반 또는 30대 초반이다. 그리하여 정말 많이 받아야 4천~5천만 원을 초봉으로 받게 된다. 하지만 J는 그들과 다른 하나를 더 가지고 있었다. 그것은 아르바이트부터 시작한 현장감과 더불어 흔히들 필드라 부르는 영업 현장의 노하우이다. 5년간의 경험은 돈으로 환산할 수 없는 자산을 가지게 된 것이다. 이렇게 습득한 자산은 회사 내에서는 물론 인생을 살아가면서도 활용할 수 있는 J만의 자산이다. 물론 J가 선택한 방법이 최선의 방법이라고 주장하는 것은 아니다. 단지 시작점을 동일하게 하나로 생각하고 방법을 결정해버리고 그걸 당연하다고 여겨버리는 현상을 말하고 싶은 것이다.

지금 공무원에 열광하고 대기업 입사에 열광하는 궁극적인 이유가 무엇인지 나 스스로에게 물어봐야 한다. 분명 사람이 가지고 있는 시작점이 모두 '다른' 데도 불구하고 모두가 '같은' 시작점을 가지고 같은 목표를 향해 나아가고 있는 청춘들이 안타까울 뿐이다. 이는 비단 취업을 대하는 청춘들만의 문제는 아니다. 취업을 이루고 나서 다음 과제인 결혼을 대하는 청춘들의 시작점도 많은 오류를 범하고 있다. 이런저런 사회구조의 문제와 청춘들의 인식변화로 인하여 결혼을 바라보는 시각도 변하고 있다.

우리가 공부하고 스펙을 쌓는 것은 하나의 도구에 불과하다. 마찬가지로 결혼할 때에 배우자를 결정하면서 가장 중요하게 여기는 직업과 재산도 하나의 도구에 불과하다. 하지만 주위를 둘러보자. 친구가 결혼한다고 알리면 하나같이 가장 먼저 물어보는 것이 "직업이 뭐야?", "아파트는?" 이것이 단골 질문이다. 누구 하나 배우자의 '가치관' 이나 '결혼관' 에 관해서 물어보는 사람은 극히 드물다. 물론 상대의 직업과 재산에 관해서 물어보는 것을 무조건 속물이라 치부할 수는 없다. 다만 시작점을 직업과 재산으로 놓고 보면 많은 오류를 결혼생활에서 범할 수 있다는 것이다. 지금의 직업이 안정적이지 못하더라도, 지금 재산이 많지 않더라도 서로의 가치관과 결혼관이 일치한다면 무엇이 문제일까. 어차피 결혼은 부부와 자녀가 가족을 이루고 행복하게 살아가야 하는 숙명을 가지고 있다. 가족을 이루고 살아가는데 가치관과 결혼관이 합치된다면 그 어떤 험난한 과정이 있더라도 결혼의 틀은 흔들리지 않을 것이다. 하지만 시작점을 직업과 재산으로 놓고 출발한 가정은 직업과 재산이 험난하게 되면 결혼의 틀이 깨질 확률이 그렇지 않은 가정보다 높아질 수 있다. 분명 가정을 지키고 영위하는데 직업과 재산은 필요하다. 하지만 이는 도구에 불과할 뿐이다. 절대 시작점이 될 수도 없을뿐더러 전체가 될 수도 없다. 자본주의 시대가 되고 물질은 풍요로워졌지만, 이혼율이 높아지는 것이 그것을 반증하고 있는 것은 아닐까? 다들 성격 차이라는 가면을 쓰고 말이다.

다음은 아시아 최초로 히말라야 8천m급 14개 봉우리(히말라야 14좌)를 등정한 신화적 산악인 엄홍길 대장이 남긴 말이다.

"길은 항상 내 발밑에 있었다."

아무리 오포 세대에 사는 청춘들이라 하더라도 꿈과 보석을 찾아가는 시작점은 자기가 결정해야 할 몫이다. 나아가서 그 시작점을 너무 허황하게 가져서도 안 되고, 너무 비관적으로 가져가도 안 되는 것이다. 우리가 많이 접하는 성공사례에 나오는 위인들을 무조건 청춘의 꿈이라 여기며 보석이라 생각하는 허무한 자세는 자제하자. 더불어 '오포', '88만 원'이라는 단어의 틀에 갇힌 채 청춘의 꿈과 보석을 찾아 나서지 않는 청춘의 자세는 더더욱 자제해야 한다. 다만 현실을 냉철하게 분석하고 이를 바탕으로 매일 1%씩이라도 성장하는 청춘의 자세를 견고히 해야 한다. 그것이 '청춘의 길'이다.

CHAPTER 4

거인에게 일을 시키는
원동력, 자존감

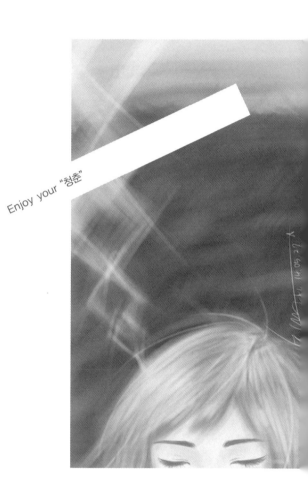

Enjoy your "청춘"

01
우린 걸음마부터 칭찬을 받았다

내 주위나 나 역시 이제 결혼과 더불어 2세들이 줄줄이 태어나고 있다. 그 태어난 아이를 보며 부모들은 하늘이 내린 축복이라며 너나 할 것 없이 기뻐하며 축하한다. 탄생이란 아이의 출생도 있지만 그 아이로 인해서 부모가 누리게 될 행복과 고난이 함께해야 한다. 한 명의 탄생이라 정의하기보다는 '가족의 재편집'이라 해도 무방하다.

사람은 다른 동물들과 달리 태어나서 바로 스스로 걷지를 못한다. 그래서 그런지 아이가 탄생하고 다음으로 가장 기쁠 때가 첫걸음마를 뗐을 때가 아닌가 싶다. 드디어 스스로 걸을 수 있으며 이제 정말 사람으로 인정받는 그 순간이다 보니 누구에게나 감격스럽다. 그래서 첫걸음마를 했을 때부모들은 박수를 치며 아이에게 칭찬한다. 그 아이가 엄청나게 무언가를 효도한 것도 아니고 단지 걸었을 뿐인데 너무나 많이 기뻐한다.

우린 걸음마부터 칭찬받은 존재이다.

부모님에게 최근 칭찬을 받은 적이 언제인지 한 번 기억해 보자. 아마도 짧게는 한 달에서 많게는 일 년을 거슬러 올라가야 간신히 기억이 날지도 모른다. 첫걸음마의 큰 칭찬을 시작으로 10대 때까지 수많은 칭찬을 받고 지내왔지만, 성인이 되어서 많은 칭찬을 받지는 못했을 것이다. 물론 성인이 되어서는 부모님과 함께하는 시간이 많이 줄기도 하고, 걸음마 같이 특출 난 것이 아니면 칭찬받지 못하고 있다. 그간 지나온 시간에서 크고 작은 성과에 내성이 생긴 부모는 칭찬에 점점 인색해질 것이다. 이것을 탓하지 말고 그냥 받아들여야 한다. 세월을 지나온 사람들의 무뎌짐이라 하고 싶다.

동양, 특히 한국에서 부모는 자식을 입히고 키우는 데에 열정이 크다. 과거에는 서로의 소통이 많았지만, 지금은 달라졌다. 더불어 개인의 삶을 중요시 하고 노후의 불안 때문에 서로가 바빠서 신경을 쓰지 못한다. 즉 칭찬을 그리워하지만 칭찬받기는 힘들다. 이럴 때 스스로 칭찬을 해야 한다.

"그래, 난 걸음마부터 칭찬을 받았던 사람이야. 힘내자!"

스무 명 남짓한 구성원과 같이 일하는 데 있어서 후배들에게 가장 많은 피드백을 들은 것이 '칭찬 좀 해주세요?' 이다. 아마도 내가 칭찬보다는 개선적인 피드백을 많이 하는 스타일이다 보니 후배들의 불만이 많았나 보다. 그래서 그 뒤로 많은 칭찬을 하려 했지만 내가 가지고 있는 성향이 있는

터라 쉽게 바뀌지는 않았다. 하지만 후배들이 얼마나 칭찬에 굶주려 있는 지 새삼 깨닫게 되었다. 출판업계며 방송에서도 칭찬이 상대의 능력을 끌어올리고 자존감을 높이는데 탁월하다며 너도나도 주장하고 있었다. 하물며 칭찬은 바다에 사는 큰 고래도 춤을 춘다고 할 정도로 말이다. 하지만 나는 과연 상대의 칭찬이 무조건 좋은 것일까? 하는 의구심이 생겼다. 그렇게 고민하던 중 한 교육방송에서 칭찬의 역효과에 대해 몇 가지 진행한 실험을 보게 되었다.

첫 번째 실험은 초등학교 2학년 아이들에게 영단어를 보여주고 암기하는 테스트를 진행하게 하였다. 그리고는 3분 뒤 암기한 영단어를 적게 하였다. 학생이 몇 개를 적어도 선생님은 무조건 칭찬을 하기 시작했다.

"우와! 많이 외웠구나!", "짱이다 짱!", "진짜 똑똑 하구나!", "정말 머리가 좋은데…."
이런 누구나 할 수 있는 보편적인 칭찬을 늘어놨다. 그리고는 선생님은 전화가 온 척 밖으로 나가고 학생들은 계속 적게 하였다. 과연 학생들은 답안지를 보지 않았을까? 아니다. 이 실험에 참가한 대부분의 학생이 답안지를 보았다. 지금까지 우리가 알고 있던 대로 칭찬을 하였는데 학생들의 모습은 오히려 잘못되어 갔다. 그럼 그냥 단순히 이 학생들의 잘못만 있는 것일까? 아니다. 그 원인은 단순하다.
선생님은 학생들에게 똑똑하고, 머리가 좋다고 칭찬을 했다. 그렇게 칭찬받은 학생들은 본인이 문제를 더 맞히지 못해서 굴욕적인 모습이 될까 봐 두려웠던 것이다. 전화를 받고 온 선생님이 학생들에게 이런 말을 할 수 있다.

"에이, 지금 보니 생각보다 천재는 아닌데…."

이런 평가를 받을 수 있을 것이라 생각하는 학생은 많은 두려움과 압박을 느끼게 되면서 부정행위를 저지르게 되는 것이다. 그렇다면 과연 미성년자인 학생들만 그렇게 부정행위를 저지르게 되는 것일까? 아니다. 성인도 역시 똑같은 조건과 상황을 만들어서 실험을 진행한 결과 마찬가지로 부정행위를 저지르게 되었다. 지금까지 우리가 알고 있던 칭찬에 대한 긍정적인 이론과는 거리가 멀어 보인다. 이것이 바로 칭찬의 양면성이자, 칭찬의 역효과라 볼 수 있다.

두 번째 실험이 또 있다. 수학문제를 풀 수 있도록 A 방과 B 방에 두 명의 선생님이 투입 되었다. A 방과 B 방에 있는 학생들에게 첫 번째 수학문제를 풀게 했다. 학생이라면 누구나 풀 수 있도록 난이도는 상당히 쉽게 출제하였다. 당연히 학생들은 아무 거리낌 없이 문제를 풀어나갔다. 그리고 두 번째 문제는 쉬운 문제와 어려운 문제 중 하나를 선택하게 하였다. 그 결과는 상반되게 나왔다. A 방의 학생들은 어려운 문제를 선택하였고, B 방의 학생들은 대부분 쉬운 문제를 선택하였다. 분명 같은 문제를 쉽게 풀었는데 왜 각방의 학생들은 다른 선택을 하게 되었을까?

이유는 간단하다. A 방의 선생님은 문제를 푼 학생에게 정답을 맞힌 부분을 칭찬하지 않고 문제를 풀어간 과정에 대한 칭찬, 또는 포기하지 않는 자세를 칭찬하였다. 반면에 B 방의 선생님은 줄곧 머리가 좋다, 잘한다 등의 결과를 칭찬하였다. 즉 과정을 칭찬한 A 방의 학생들은 난이도가 있는 어려운 문제에 도전하는 마인드를 지니게 되는 것이고, 결과를 칭찬한 B 방의 학생들은 당연히 결과가 좋게 예상되는 쉬운 문제를 선택하게 되는 것이다.

하지만 여기서 더 충격적인 실험이 하나 더 진행된다. 문제를 풀고 난 학생들에게 역시 또 하나의 선택을 하게끔 한다. 문제풀이 방법을 볼 수 있는 것과 친구들의 점수를 볼 수 있는 것 중 하나를 선택하라고 학생들에게 질문한다. 역시나 선택의 결과는 과정을 칭찬한 학생들이 문제풀이 방법을 보고 싶다고 하였으며, 결과를 칭찬받은 학생들은 친구들의 점수를 보겠다고 선택하였다.

이 두 가지 실험을 들여다보고 있노라니 지금까지 나의 어리석음도 탓하게 되었지만, 마냥 칭찬을 해주고 받았던 직장 동료들이 생각났다. 아무의미 없이 잘한다, 예쁘다, 좋다 등의 결과를 칭찬해주던 선배들의 모습과 그 칭찬에 마냥 좋아하며 그 선배들을 좋은 선배라 칭하며 또 다른 칭찬을 갈구하던 후배들의 모습을 말이다. 하지만 이제는 칭찬을 해주는 입장에서도 많은 고민과 더불어 신중하게 칭찬을 해야 한다. 한결같은 마음으로 과정을 지켜보고 더불어 어설픈 칭찬보다는 상대를 지지하는 메시지를 더 많이 활용할 수 있는 그런 진심 어린 칭찬이 필요해 보인다.

칭찬을 원하는 우리 청춘들의 자세도 달라져야 한다. 우리는 이미 태어나서 걸음마를 할 때 칭찬을 받을 만큼 받았다. 더는 결과에 대한 칭찬을 바라지 말고 본인 스스로 객관화된 결과를 가지고 본인 스스로 칭찬하는 생활습관을 가져야 한다. 타인의 시선에서 받은 칭찬으로 본인을 위안하며 자존감을 높이기 시작한다면, 타인의 칭찬이 사라지는 순간 위축되며 본인의 자존감이 떨어지게 될 것이다. 각박한 세상에서 나라도 자신을 위하고 칭찬하는 법을 배워야 살아가는 원동력이 되지 않을까 한다.

우리가 흔히 상벌제도를 이야기할 때 당근과 채찍이라는 용어를 자주 사용한다. 이 프로그램의 말미에 전문가는 이렇게 말한다.

"우리 아이들이 당나귀는 아니잖아요."

아이들이 자라난 것이 당신이고 당신 역시 당나귀는 아니다.

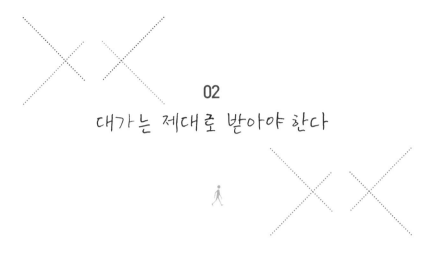

02
대가는 제대로 받아야 한다

어느 세대든 '시대의 아픔'이 존재한다. 지금 할아버지 세대는 일제강점기와 6·25전쟁 그리고 가난을 겪었고, 베이비 붐 세대인 아버지 세대는 민주화 투쟁과 경제성장 통(痛)을 겪었으며, X세대들은 청소년기에 IMF와 취업 시기에 서브프라임 모기지(비우량주택담보대출) 사태로 취업난을 겪었다. 본래 청춘들은 생소한 아픔을 겪게 되고, 앞으로 미래세대 주역이 될 10대들도 경험하지 못한 아픔을 겪게 되는 운명을 타고난 것이다.

자신이 잘났건, 못났건 모든 세대가 시대의 아픔을 숙명적임을 알고 살아가야 한다는 점을 나타낸다. 또한, 시대의 아픔은 선배세대가 해결해주지 않고 스스로 대안을 찾고 해결해야 한다는 점을 알 수 있다.

얼마 전《추적60분》이란 프로그램을 시청한 적이 있다. 한창 이슈가 되었던 '열정페이' 문제를 심도 있게 다룬 내용이다. 패션업계에 만연한 열정페이 문제를 시작으로 사회 곳곳에 독버섯처럼 번져있는 열정페이 현장을 고발했다. 열정페이가 사회적으로 이슈가 된 것은 고용노동부의 행정적 권고조치나 대학교수들의 집회, 대기업 직장인들의 궐기대회가 아니었다. 바로 청년유니온이란 단체에서 패션업계 열정페이 순위 발표 이벤트로 시작된 것이다. 이 이벤트는 큰 이슈가 되었고 1위를 한 패션업계 대표는 공식적인 사과를 홈페이지에 올려야 했다.

열정페이 같은 일을 방지하기 위해 만든 것이 최저임금이다. 하지만 아르바이트생에게는 최저임금이 '최고임금' 이라 한다. 최저임금을 주는 아르바이트는 하늘의 별 따기로 최저임금을 안 주는 게 당연한 관례로 세상은 돌아가고 있다고 한다.

반대로 고용주 말을 들어보면 "가르치고 일 시킬 만하면 그만둔다."고 항변한다. 해결책이 안 보이는 답답한 모습이다. 이 문제 해결책 역시 언제나 그러했듯 선배 세대들이 해결책을 제시하지 못한다.

돈은 교환 단위다. 내 능력과 가치, 시간을 돈으로 환산해 정당한 대가를 받아야 한다. 당연한 권리를 찾기 위해 청년들은 투쟁 중이다. 하지만 이 문제는 항상 존재해왔다. 과거에도 존재했고 돈이 존재하는 한 열정페이는 영원히 지속할 것이다. 해결책 역시 문제를 겪는 세대가 해결해야 할 문제다.

필자는 책임 전가를 시키는 게 아니다. 불평등한 관행을 만들고 실행하는 사람이 가장 큰 문제다. 하지만 기존세대들은 그것이 옳고 그른 것을 판단하고 변화시키기보다 우선 그것을 지키려는 속성이 있다. 이 속성이 잘 못되었다고 알리고 깨는 사람이 바로 청춘이고 문제를 겪고 있는 세대의 몫이다.

소설 『장길산』의 저자 황석영. 그는 원고료를 칼같이 받기로 유명하다. 한 번은 원고료를 주지 않자 출판사를 찾아가 시위를 벌였다고 한다. 끈질 기게 시위하자 출판사 대표가 지갑에 있는 돈을 직접 꺼내다가 주었고, 그 것으로도 부족하자 직원들 지갑을 모두 꺼내라고 해서 원고료를 지급했다 고 한다. 작가로서 이름도 높고 돈보다 창작의 즐거움으로 살 것 같은 사람 도 원고료를 받기 위해 시위를 했다는 사실에 놀라웠다. 인터뷰에서 생계 인 이유도 있지만, 원고료가 바로 자신의 가치이므로 당연히 받아야 하는 데 못 받았기 때문에 시위했다는 것이다. 프로와 아마추어의 차이가 바로 여기에 있는 것 같다.

프로는 자신의 당연한 권리와 당연한 대가를 당연히 받는다.
주지 않는다면 시위를 해서라도 받는다. 그것이 자신의 가치임을 알기 때문이다. 정당한 대가를 받는 건 자신의 권리는 물론 자신의 가치를 지키 는 당연한 일임을 기억하자.

당연한 대가를 제대로 못 받는 이유 중 가장 큰 이유가 바로 문제 자체 를 인식하지 못하고 있기 때문이다. 분명 과거에도 '도제교육'이란 이름으로 일방적인 희생과 열정을 요구했다. 과거 세대들은 그것이 문제였는지도 몰랐다. 지금에서야 문제로 인식하고 있다.

러시아 출신으로 한국으로 귀화한 박노자 교수. 외국인 눈으로 한국사회의 문제점을 잡아낸 『당신들의 대한민국』이 사회적으로 큰 충격을 주었다. 박 교수가 어느 교수를 만나러 갔을 때 조교들이 교수에게 하는 행동을 보고 큰 충격을 받았다고 한다. 민주화운동에 관해 이야기하고 있는데 조교가 교수 방을 찾아와 당연한 듯 싱크대에서 설거지를 하고 꽃에 물을 주고 나갔다고 한다.

박 교수는 이런 권리를 당연하게 생각하고 또 이런 교육이 당연하다고 여기는 대한민국 현실을 꼬집었다. 바로 문제를 문제로 보지 않는 게 문제라는 것이다. 과거 세대들은 이런 걸 당연히 여겼고 파생되어 나온 게 도제교육이고 열정페이로 변질하였다.

지금 청춘들은 과거보다 확실히 똑똑하다. 고등교육도 어느 세대보다 많이 받았고 인터넷 보급으로 정보의 양도 어느 세대보다 많다. 그만큼 사회의 잘못된 점을 바꿀 여지도 크다.

한 때 '질소과자'란 단어가 유행했었다. 과도한 포장지에 가격만 비싼 과자를 꼬집어서 하는 말이다. 질소과자에 대한 수많은 패러디와 논평이 쏟아졌다. 질소과자 패러디의 백미는 질소과자로 만든 배로 한강을 건넌 청년들이었다.

과자를 사 먹는 사람은 무수히 많고 그 안에 다양한 세대들이 있다. 문제가 있음을 알았지만 많은 세대가 침묵을 지킬 때 청년들이 질소과자로 한강 건너기 이벤트를 열어 이슈화시켰다. 언론들은 도전하는 청년들의 특권이라 칭찬했지만 잘못된 표현이다. 특권이 아니라 당연한 대가를 요구 못 하는 기존세대의 잘못이다. 그걸 청춘들이 해주고 있다. 기존세대들은 청춘들의 이런 행동에 박수는 물론 감사함을 보내야 한다.

열정페이에 대한 해결책은 지금도 진행 중이다. 안타깝게도 할아버지 세대, 아버지 세대, X세대들은 문제가 문제인지도 모르고 넘어갔다. 그 바통을 이어받은 지금 청춘들은 문제를 인식하고 개선하기 위해 투쟁 중이다. 감사함과 박수를 보낸다.

자신의 프리미엄은 스스로 지키고 스스로 받는 것이다. 어느 시대건 당사자가 아닌 기존세대들이 문제를 해결해주지 않는다. 지금 청춘들은 취업과 정당한 대가를 받는 문제로 시대의 아픔을 겪고 있다. 정당한 대가를 받는 다는 것은 스스로에 대한 가치를 높여주고 인정하는 자존감의 문제다.

지금 청춘들은 과거 짱돌을 들고 던졌던 세대보다 더욱 세련되게 투쟁 중이다. 기존세대가 말하는 행동하지 않는 청춘이란 말에 귀를 닫고 세련되게 투쟁하고 쟁취하라. 그것이 스스로 가치를 당연히 인정받는 대가 받기라면 더욱 맹렬하고 어느 전략보다 세련되게 당연한 걸 찾도록 하자.

> 제 권리를 찾는 청년들에게 박수를 보내며 어느 세대보다 세련되고 전략가다운 투쟁을 하고 있다는 사실을 기억하자. 그리고 기존세대는 지금 청년들에게 감사해야 한다. 우리가 못하는 걸 하고 있기 때문이다.

여행은 익숙한 일이 아니다. 여행은 익숙한 걸 떠나는 작업이다.

익숙한 걸 떠나기 때문에 스트레스를 받아야 한다.

낯섦을 전제로 하는 여행은 즐거움을 주는 일이다.

즉 낯섦은 스트레스를 받아야 하는 대상이 아니고 여행처럼 즐거운 일이다.

03
가끔은 사치로 나를 사랑하자

일을 이루는 데 있어 3가지 단계를 건넌다고 한다. 첫 번째가 열정기, 두 번째가 권태기, 세 번째가 성숙기라고 한다. 강제로 시키지 않은 일이라면 누구나 시작을 열정적으로 한다. 하지만 열정은 영원하지 않다. 그리고 권태기가 온다. 권태기를 어떻게 넘기느냐에 따라 성숙기로 넘어갈 수도 있고, 우울기로 떨어질 수도 있다. 많은 동기부여가들은 권태기가 왔을 때 자신에게 선물을 주라는 말을 한다.

얼마 전 친한 후배와의 술자리에서 3년 전 꿈을 이루었지만 무언가 모르게 허무하다고 했던 말이 생각난다. 3년 전 후배는 27살로 30살 여자와 소개팅이 있었다고 했다. 둘 다 꿈이 확실했기에 연애보다 서로의 꿈을 응원해주며 각자의 길을 가게 된다. 후배는 집필가와 강연가의 꿈을 위해 달렸고 여자는 공무원이 되기 위해 달렸다. 그렇게 3년이란 시간이 흘러 후배의 연락으로 둘은 다시 만났다고 한다. 놀랍게도 둘 다 꿈을 이루었다. 후배는 작가를 하며 여기저기 불러주는 강사로 활약 중이고, 소개팅했던 여자는 지방행정직 공무원으로 합격한 것이다. 둘은 그렇게 만나서 과거 이야기를 풀어내며 시간을 보냈다. 여자가 후배에게 꿈과 행복에 대해 질문했다고 한다.

"○○ 씨 책도 쓰고 강의 다니는 꿈을 이루었는데 그때보다 행복하세요?"

"글쎄요? 몸이 바빠졌다고만 느끼지 행복하지 않네요. 그럼 ○○ 씨는 공무원 합격했는데 행복하세요?"

"합격하면 하늘을 날아갈 것 같았는데 제가 생각했던 것만큼 행복하지 않네요."

둘 다 꿈은 이루었는데 행복하지 않다는 말에 의아했다. 하지만 후배의 삶을 돌아보면 꿈은 이루었을지 몰라도 삶이 행복과 멀다는 느낌이 들었다. 오직 꿈에만 관대하고 투자했을 뿐 스스로에 대한 보상이 없었다. 꿈을 이룬 게 보상이라면 보상이지만 왠지 허탈하기까지 해보였다. 스스로에 대한 보상이 있다면 행복할 것이라는 생각이 들었고 후배에게 우울 단계로 빠지기 전에 스스로에게 선물을 주라고 조언했다. 스스로에게 선물 주는 것 역시 습관이고 연습이 필요하다 보니 어색하다고 후배는 말하지만, 우울을 넘어 우울증이 오기 전까지 자신에게 선물을 주라고 했다.

나 역시 가장으로서 아내와 두 아이의 아빠이다 보니 스스로에 대한 선물보다 아내와 아이가 우선이었다. 또한 한 조직의 리더이다 보니 팀 전체를 생각할 수밖에 없다. 한때는 이런 삶이 정답이라 생각하고 살았다. 하지만 우울기가 와서 타성에 빠지고 발전을 멈춘다면 그 피해를 고스란히 가족과 팀원들이 받을 수밖에 없을 것이라 생각했다. 그래서 나에게 선물을 주기로 했다. 이왕이면 건설적인 선물을 주고 싶어 책 구매와 원했던 교육이 있다면 마음껏 받기로 마음먹고 행동했다. 이렇게 마음을 한 번 돌리고 실천하니 마음의 여유가 생기고 다음에 활동할 수 있는 활력소를 얻게 되었다.

우리 주변에 자신에게 절약이라는 이름하에 인색한 사람이 있다. 절약과 인색은 구분해야 한다. 절약은 필요한 것을 구매하고 같은 물건이면 더 싼 걸 선택하는 것이다. 인색은 필요한 것도 쓰지 않고 그로 인해 사람관계와 자신의 자존감까지 영향을 받는 게 인색함이다.

어떤 작은 목표라도 이루었다면 자신에게 선물을 줘라. 목표를 이루는 데 열정도 필요하지만, 지구력도 필요하다. 지구력은 보상이 있어야 오래 갈 수 있다. 스스로에게 보상을 잘하는 사람은 가끔 사치를 즐긴다. 사치가 매일 된다면 문제가 심각하겠지만, 가끔 또는 통제 가능한 범위에서 사치를 즐긴다면 열정에 힘도 줄 수 있고, 지구력 보상에도 좋은 효과를 보일 것이다.

그리스 어느 부두에서 짐을 옮기는 노동자 한 사람이 평소답지 않은 깔끔한 옷을 입고 그 도시에 있는 최고급 레스토랑으로 향한다. 최고급 레스토랑이라 메뉴판이 어렵고 가격은 비싸지만, 그는 자연스럽게 음식을 주문한다. 음식을 기다리는 동안 레스토랑 손님들과 인사를 나눈다. 멀리서 누군가가 와인 건배 제의를 하면 그도 멋지게 건배를 한다. 음식이 테이블에 들어오면 격식에 맞게 식사를 한다. 식사를 마치고 눈을 감고 부자가 된 것처럼 생각하고 상상한다. 다시 눈을 뜨고 레스토랑 손님들의 행동과 말을 배운다. 그리고 두 시간 남짓 식사를 끝낸다. 그가 한 끼 식사에 지급한 돈은 일주일 동안 땀을 흘려가며 열심히 짐을 옮긴 금액이었다.

동료들은 그의 사치를 이해할 수 없었다. 하지만 그는 자신에게 주는 선물이라며 아까워하거나 아쉬워하지 않았다. 그러던 어느 날 선박회사를 운영하는 그리스 재벌 코스타그레초가 부두 노동자에게 호기심을 갖게 되었다. 코스타그레초는 그에게 다가가 질문을 했다.

"자네는 일주일 동안 힘들게 번 돈을 왜 한 끼 식사에 쓰는가?"
"저는 부자가 되고 싶습니다. 부자들의 행동과 말을 배워보고 싶습니다. 세상은 부두 노동이 전부가 아님을 알고 있습니다. 그래서 제가 당장 할 수 있는 부자들이 이용하는 레스토랑을 다니게 된 것입니다."

그 대답에 코스타그레초는 자신이 운영하는 선박회사에 취업시킨다. 훗날 부두 노동자는 80조 원의 재산을 남기고 세상을 떠난다. 그가 바로 유명한 그리스 선박왕 오나시스다.

우리는 눈에 보이는 것 때문에 눈에 보이지 않는 걸 구속한다. 그걸 깨는 방법은 가끔은 다른 세상을 자신에게 선사하는 것이다. 선물을 선사할 때 최고로 줄 수 있는 것이라면 강한 동기부여를 받는다. 또한, 자신을 사랑하는 방법이기도 하다.

통제 범위 밖 사치를 즐기라는 말이 아니다. 허영심에 휩싸여 사치를 즐긴다면 스스로 통제 못 하는 어리석고 어린 행동에 불과하다. 여기서 말하는 사치는 또 다른 기회를 만들고 지구력을 주는 보상을 말한다. 권태기를 가볍게 넘어가고 성숙기로 가는 동력이 될 것이다.

꿈을 이루었지만 행복하지 않다던 후배가 서명한 책을 주겠다고 연락이 왔다. 그는 서명할 때 만년필로 했다. 만년필 브랜드를 보니 해외 최고급 브랜드를 가진 만년필이었다. 만년필 브랜드에 대해 이야기를 하니 후배가 좋아하며 만년필을 볼 때마다 책을 쓰고 싶다고 즐거워한다.

나에게 주는 사치는 이런 것이 아닐까? 남들에게 보여주는 사치가 아닌 자신의 자존감을 높이는 사치 말이다. 지금 얼마를 벌든 어느 위치에 있든 나를 위해 가끔은 사치를 즐기자. 이미 이 세상에 살고 있다는 건 기적이고 기적을 매일 실천하고 있는 나에게 주는 사치는 열정기와 권태기 그리고 성숙기로 넘어가게 해줄 다리가 되어줄 것이다. 나의 자존감을 위해 통제 가능한 사치를 즐겨라.

04
과거와 쿨하게 이별해야 뒤집는다

취업 빙하기이다 보니 취업이 어렵다는 이야기는 뉴스거리도 아닌 것 같다. 이런 현실을 반영하듯 인터넷에 취업시장을 풍자하는 내용이 이슈화되었다. 면접관에게 먹히는 스토리를 만들기 위해 히말라야라도 등반해야 하고, 고생했다고 알리기 위해 3D 업종을 경험해야 한다는 것이다.

풍자처럼 다른 경험거리(?)가 없나 기웃거리는 모습을 자주 볼 수 있다. 그리고 지갑은 점점 얇아지고 있다. 매번 자격증을 위한 사진 값, 시험 응시료, 학원비도 모자라서 의욕이 넘치는 취업준비생은 개인적인 취업 컨설팅까지 받고 있다. 거기에 각종 성형외과 광고 문구에서는 '외모도 스펙이다' 라며 취업준비생들의 주머니를 털어가고 있다. 내가 취업이 안 되는 이유를 찾다 보니 결국은 혹시 외모 때문은 아닐까 하며 청춘들을 현혹하고 있다. 그러다 보니 경력도 쌓고 생계를 위한 수익창출로 아르바이트 세계에 입문하게 되는 게 현실이다. 지금 청춘들에게 아르바이트는 최소한의 경제적 독립은 물론 스토리텔링을 위한 좋은 대안이 되고 있다.

취업준비생 A라는 학생이 있다. 지각 3회를 넘겨 가지고 있던 휴대전화를 빼앗겼다고 한다. 그리고 과제를 제대로 해오지 않은 학생들은 손바닥을 맞는다. 때리는 사람은 같은 취업준비생이다. 때로는 더 강한 페널티로 '벽보고 노래 부르기'와 같은 수치심을 느끼는 체벌까지 적용하기도 한다. 과한 체벌 같기는 하지만 입시를 공부하는 수험생들에게 경각심을 일깨워 주기 위해서 하는 것이니 다들 별 불만은 없어 보인다. 하지만 이 학원의 풍경은 중고생을 대상으로 하는 학원이 아닌, 성인들이 운영하는 각종 자격증 및 취업준비 스터디 모임에서 벌어지는 풍경이라고 한다. 계속되는 취업난에 강도 높은 체벌도 감수하면서까지 스터디 모임을 유지하려는 취업준비생들이 늘고 있다고 한다.

체벌한다는 말을 들었을 때 어이가 없고 강한 수치심을 느끼는 게 사실이고 이런 스터디 모임에 참여를 해야 하나 한참을 고민했다는 A 씨. 하지만 체벌을 당하고도 스터디 모임을 그만둔 사람은 없다고 한다. 오히려 당장 취업이 절박한데 그깟 자존심이 무슨 소용 있겠느냐며 스스로를 위안하고 있다. 대부분이 한 차례 이상 시험에서 낙방한 경험이 있는 사람들이라 면학 분위기를 해치지 않기 위해서 규칙을 만들었다고 설명한다. 하지만 나로서는 20대 중반의 성인들이 학창 시절에나 경험했을 법한 체벌을 다시 들고나온 것이 석연치 않다. 아무리 취업을 위해서라지만 다시 청소년으로 회귀하는 20대의 청춘들을 보고 있자니 마음이 아프다.

성인 또는 어른의 관점으로 본다면 과거로 회귀했다고 할 수 있다.

왜 다시 과거로 회귀했을까?

우리는 태어나 부모 밑에서 사랑을 받고, 청춘이 되어서는 이성에게 사랑을 받고, 노인이 되면 자식에게 사랑을 받는 존재이다. 하지만 더욱 중요한 것은 자기 자신의 존재를 사랑하는 것이다. 자기 자신의 존재를 사랑한다는 것은 있는 그대로의 지금 내 모습을 사랑한다는 것을 말한다. 우리 청춘들이 미래를 담보로 하여 지금 자신을 부정하거나, 현재의 모습을 버리고 살아가는 행위는 결코 청춘의 자존감에 도움이 되지 않는다. 톨스토이는 이렇게 말했다.

"미래에서 사랑이란 있을 수 없다. 사랑은 오로지 현재의 활동이다. 왜냐하면, 미래라는 것이 우리들이 마음대로 약속하거나 다룰 수 있는 허락된 것이 아니기 때문이다. 그러므로 미래의 사랑이 있을 리 만무하다."

톨스토이의 말을 빌리긴 했지만, 청춘들은 지금 본인의 모습을 부정하거나, 사랑하지 않는 경우를 많이 봤다. 취업에서 고배를 마셨다고 또는 학점에서 다른 친구들에 비해서 밀리게 되었다고 본인의 노력을 너무 쉽게 평가하는 경향이 있다. 그래서 가끔은 현실의 본인 모습보다는 게임 속 허상의 캐릭터에 감정을 이입하여 게임중독에 빠지는 청춘들도 나오게 되는 것이다. 하지만 과거에 연연하고 절망감에 빠질수록 자존감은 더 낮아지게 된다. 다시 시작하는 마음을 가지고 과거를 쿨하게 접을 수 있어야 지금의 나를 사랑할 수 있으며 미래의 나를 뒤집을 수 있다.

지금 위에 언급한 청춘들은 과거에 본인이 좋은 성적을 내고 학교생활을 했던 경험에 비추어 체벌을 정당화하고 있다. 체벌이 높은 점수를 보장하고, 그 높은 점수가 취업과 연결된다고 당당히 믿고 있다. 그래서 취업을 위해서는 체벌도 감수하고 청춘들의 자존감 따위는 사치로 생각한다. 과연 성인이 된 20대 중반의 취업준비생들에게 체벌이 높은 점수를 보장해주는 보증수표의 역할을 하게 될지, 아니면 자존감을 떨어뜨려 결국 추진 동력을 잃게 될지는 굳이 논하지 않겠다. 다만 지금을 사는 청춘들이 더 나은 미래를 위해 나아가는 길목에서 본인이 10대 때 겪었던 체벌을 다시 경험할 정도로 청춘들에게 취업이 중요한 일인지 스스로 되물어야 한다. 분명 10대 때 선생님들의 체벌은 정당하지 않다고 생각하고 체벌을 싫어했음에도 불구하고 지금 다시 과거의 체벌을 원하고 있다는 것은 정말 아이러니한 청춘의 삶이다. 그런 경험을 하고 어렵게 취업을 했다면 당당히 사회 구성원으로 살아갈 수 있을지 자문할 필요가 있다.

지금 청춘들이 생각하고 있는 취업, 연애, 결혼 등은 큰 결과물이다. 즉 많은 시간과 노력을 해야 이룰 수 있으며 이루었을 때 큰 보람을 느낄 수 있는 행위이다. 결국, 이것이 가지고 있는 가장 큰 단점은 결과를 즉시 얻을 수 없다는 점이다. 20층 건물을 오르기 위해서는 당연히 5층도 지나야 하고 10층도 지나야 하는데 20층만 생각하면 이미 숨이 턱에 차오르는 것을 경험하게 될 것이다. 청춘들이 작은 것들을 실행하고 성취하는 데 만족감을 느낄 수 있어야 큰 것들을 실행하고 성취하는 원동력이 되는 것이다. 흔히 작은 성공사례라고 일컬어지는 것들을 많이 해야 한다. 그래야 큰 성공을 이룰 수 있다. 너무 당연한 말인가? 하지만 이 사실을 간과하는 청춘이 많다.

이런 작은 성공사례를 경험하기 위해서는 다른 이들의 성공이라는 개념을 벗어나서 스스로 주체적인 성공 개념을 가져야 한다. 하루 한 권의 책으로도 스스로를 응원해야 하고, 좋은 여행도 성공이라는 생각을 가져야 한다. 사회의 틀에서 정해놓은 성공의 틀에 갇히게 되면 청춘은 결국 불행할 수밖에 없다.

이러한 작은 성공사례를 위해서 결국 중요한 것은 청춘을 위한 '독립된 청춘'이 돼야 한다는 것이다. 청춘을 강하게 하고 청춘이 무엇인지를 알기 위해서는 '독립된 청춘'을 가져야 어떤 청춘인지 알고 앞으로 나아갈 수 있다. 결국 '독립된 청춘'을 가지지 못한 사람은 순종적이며, 자기주장이 없고, 자신을 불행하게 만들 수 있다. 비합리적인 권위자(소수의 기득권)들과의 인생에서 상처받지 않고 본인을 응원하며, 본인의 자존감을 높이기 위해서는 '독립된 청춘'이 되어야 한다.

미합중국 대통령 오바마가 성경 다음으로 힘이 되었다는 『세상의 중심에 너 홀로 서라』라는 책에서 저자 에머슨은 이렇게 얘기한다.

자신의 일을 하라!
그러면 나는 당신이 어떤 사람인지 알 수 있다.

자신의 일을 하라!

그러면 당신 자신을 더욱 강화하게 될 것이다.

이 시대의 청춘들이여 자신의 일을 통해 '독립된 청춘'의 삶을 살자.

05
'삐딱하다' 라고 한 번쯤 들어보자

10년 전 스마트폰으로 세상을 바꾼 스티브 잡스를 알 것이다. 그의 스탠퍼드 대학 졸업식 연설은 지금도 많은 사람에게 회자하고 있다. 스탠퍼드 연설 중 압권은 "항상 갈망하고 우직하게 나아가라.(Stay hungry, Stay foolish)" 일 것이다. 연설은 경험담을 녹아내니 그의 성공에는 갈망과 우직함이 있었고 그렇게 일했다.

이 연설은 어느 덧 10년이 지났다. 속담을 빌려 강산도 10년이면 변하는데 지금도 몇몇 청춘비전강사들은 "갈망하고 우직하게 나아가라."고 외치며 배고파도 우직하게 일하라고 말한다. 안타깝게도 배고픔과 우직함을 너무 강조해서인지 '열정페이'로 사회적 이슈를 불러일으키고 있다. 이런 상황에서 갈망과 우직을 이길 수 있는 키워드를 찾기 위해 청춘 관련 책을 읽고 명사들 강의를 들었지만, 답은 의외의 곳에서 찾았다.

2015년 2월 성황리에 막을 내린 제87회 아카데미 시상식에서 미국의 시나리오작가 그레이엄 무어가 《이미테이션 게임》으로 각색상을 받았다. 그의 수상소감이 최근 SNS에서 많은 화제를 낳고 있다. 간결하게 직역을 하면 이렇다.

"16세 때 자살 충동을 느꼈습니다. 나는 비정상이군. 남들과 다르다고 느꼈기 때문이죠. 저는 어디에도 끼지 못하는 사람이었습니다. 그런데 나는 지금 이 자리에 서 있습니다. 후배들에게 조언한다면 좀 삐딱해도 좀 달라도 괜찮다(Stay weird, stay different)."

10년 전 스티브 잡스의 연설을 모방한 것으로 보인다. 10년이 지나고 경험이 녹아든 연설 키워드가 바뀐 것이다. 바로 '삐딱해도', '달라도' 다. 여기서 '삐딱해도 좀 달라도 괜찮다' 란 수상 소감을 그냥 멋있는 척하는 연설로 넘기기에는 아쉽다. 이 연설에는 시대의 흐름이 녹아있다. 잡스의 연설문이나 그를 주인공으로 한 영화나 책들을 찾아보면 알 수 있듯 스티브 잡스가 생각한 시대의 화두는 '앞서기' 다. 시나리오작가 직업 역시 시대를 반영하고 미래의 길을 제시하는 사람이다. 그레이엄 무어가 생각하는 2015년 '앞서기' 는 다름과 삐딱성이라 할 수 있다. 그의 연설을 듣고 2015년 청춘에게 필요한 키워드를 찾을 수 있었다.

필자는 두 연설의 우위를 비교하고자 말하는 건 아니다. 대중의 호응을 얻었다는 것은 지금 대중들이 가장 많이 공감하고 있다는 뜻으로 풀이된다. 학교의 가르침 대로, 회사의 방향 대로 잘 따라왔고, 남들보다 앞서서 경쟁에 이기는 것이 이른바 '잘 나가는 사람'으로 인정받고 그것이 길이라 생각해 왔다. 하지만 지금 그레이엄 무어의 연설사가 호응을 얻을 수 있는 것은 청춘들의 허탈감에서 오는 것은 아닐까? 학교, 회사, 나라에서 원하는 대로 항상 꿈꾸고 우직하게 따라왔는데 정작 손에 든 것은 아무것도 없는 그런 허탈감 말이다. 그러다 보니 '본전 생각'이 나는 것이다. 차라리 내가 원하는 대로 하고 싶은 대로 하고 살았다면 덜 억울해할 텐데, 기성세대들이 하라는 대로 했는데 억울할 뿐이다.

봄은 멀었지만 여기 우리의 마음에 삐딱성을 키워주는 봄 같은 영화가 있다. 영화 《족구왕》이다. 이제 막 군대를 제대한 캠퍼스의 낭만을 꿈꾸며 복학한 스물네 살의 복학생 홍만섭. 여느 청춘도 그렇듯이 홍만섭은 연애가 하고 싶다. 더불어 너무나 좋아하는 족구를 하고 싶다. 하지만 캠퍼스에는 족구장 대신 테니스장이 있고, 족구를 하는 대학생조차 있지 않다. 여기에 기숙사 선배인 형국은 한심하다는 듯이 쓸데없는 짓 하지 말고 공무원 시험을 준비하라고 충고하지만 초(超) 긍정 만섭은 아랑곳하지 않는다. 이 충고를 하는 선배의 대사가 가관이다.

"너 토익 몇 점이야? 학점은? 공무원 시험이나 준비해!"

토익과 학점이 충분하지 않다고 생각한 선배가 해주는 충고라고는 공무원 시험 준비를 하란다. 그럼 결국 이 청춘들이 해야 할 것은 세 가지로 압축된다. 토익, 학점, 공무원 시험. 아니 세상에 수익을 창출하는 직업이 몇만 개를 넘어서 수십만 개에 이르는데 고작 저 세 개로 청춘이 해야 할 일을 규정짓고 이를 따르고 있다. 영화 속 만섭은 대학 본부의 면학 분위기 조성으로 없어진 족구장을 다시 만들기 위해 총장과의 면담에서도 건의하지만 결국 학생들의 조롱거리만 된다. 그러나 굴하지 않고 족구장 건립을 위한 서명운동을 받지만 아무런 관심도 끌지 못한다. 물론 영화가 가지고 있는 판타지와 치열한 삶을 살고 있는 청춘들의 현실이 많이 다른 점은 인정한다.

그런 청춘의 현실을 여실히 보여주는 장면이 영화 속에도 있다. 연애하고 싶은 만섭이 영문학 수업시간에 대학 홍보모델 안나를 만나고 첫눈에 반해 구애를 한다. 하지만 안나는 연애를 하고 싶으면 족구를 하지 말라고 한다. 차라리 축구를 하라고 한다. 족구하고 수업에 오면 땀 냄새도 싫고 돈도 안 되지만, 축구는 잘하면 돈도 되고 멋있으니 하고 싶으면 축구를 하라고 한다. 이것이 바로 지금 청춘들이 생각하는 기준 잣대일 것이다. 인정을 받거나 돈이 되는 것이 길이라는 단순한 결론 말이다. 아니, 어떻게 보면 이것이 현실이고 답일지 모른다. 이런 안나에게 만섭은 이야기한다.

"안나 씨, 남들이 싫어한다고, 자기가 좋아하는 걸 속이고 사는 것도 바보라고 생각해요."

선배라는, 부모라는, 선생님이라는 기성세대들이 만든 잣대를 생각하며 싫어한다고 해서 청춘이 그것을 속이고 하고 싶지 않은 일을 하는 것은 바보라고 이야기한다. 이 영화는 상당히 유쾌하고 즐거운 오락영화에 불과하다. 감독조차도 그냥 복학생이 족구를 하면 왠지 재밌을 것 같아서 만들었다고 한다. 하지만 나는 이 영화를 그냥 그런 오락영화로 넘기기에는 내 가슴속 울림이 너무 크고, 이 영화를 청춘들의 가슴속에 꼭 집어넣어 주고 싶다. 이 영화를 꼭 보기 바란다. 그리고 만섭과 선배 형국 중 자신의 삶이 누군가 생각해보자.

과거에는 대학문화가 대중문화를 이끌었다. 하지만 2000년대 들어오면서 대학과 기업이 유착하고, 나아가 기업이 대학에 녹아들면서 대학문화는 살벌한 경쟁구도가 이어지는 기업처럼 변화하기 시작했다. 결국, 대학문화는 사회적 문화와 동떨어지기 시작했다. 이는 방송 매체만 봐도 뚜렷하게 나타난다. 캠퍼스 드라마들이 사라지기 시작하고 점점 중고등학교를 배경으로 하는 드라마가 늘어나고 있다. 더불어 대학생들이 나오던 'ㅇㅇ가요제'는 줄어들고 '슈퍼스타 K', 'K-pop 스타' 등이 자리를 메우고 있다. 청춘들의 상징이었던 대학문화는 이제 점점 밀려나고 자취를 감추고 있다. 꼭 청춘이라는 단어에서 대학생은 열외인 것처럼 말이다. 대학 시절은 영원히 돌아오지 않는다. 지금의 청춘들에게는 그 누구도 커다란 변화를 요구하지 않는다. 다만 족구라도 하자는 것이다. 항상 삐딱해지자는 것이 아니라 그 시기에 맞는 '삐딱하다'라는 말은 청춘이라면 한 번 들어보자는 것이다. 그런 작은 삐딱함이 지금 청춘들의 변화를 이끌어 올 수 있다. 그리고 그런 작은 삐딱함이 청춘의 자산이 되는 것이고, 삶의 원동력이 된다는 것이다.

사람은 자연의 한 부분이다. 그런 의미에서 청춘도 자연 일부분에 불과하다. 지금 밖으로 나가보자. 나가서 자연을 한 번 둘러보자. 날아가는 새도 보고, 산도 보고, 나무도 보자. 혹시 공통점을 발견했나요? 바로 '자연에는 직선이 없다'는 것이다. 다 삐딱하게 생겼다.

엉터리 같고 앞뒤가 맞지 않고 어설프지만, 그것도 청춘이다. 절대 청춘은 직선이 없고 지름길도 없으며 쉬운 길은 더더욱 없다. 때로는 삐딱하다는 소리도 들어보고, 누구도 없는 족구장에서 공도 찰 수 있다. 그 삐딱함을 불안해하지 말고 즐겨보자. 삐딱함이 모였을 때 올곧은 자연이 되며 삐딱한 청춘이 완성되는 것이다. 삐딱한 행동을 응원한다.

CHAPTER 5

조금은
삐딱해야 하는
인맥 지도

편안함, 안락함에 안주하지 말자~ my life~

01
눈 도 장 찍다 세월만 간다

사회복지를 전공한 K 동생한테서 연락이 왔다. 취업에 미끄러졌다는 것이다. 심성도 착하고 활발한 성격이라 취업이 무난할 줄 알았는데 다소 놀라웠다. K 동생은 나에게 하소연하듯 말을 쏟아냈다. 사회복지학과 특성상 복지관에 취업하자면, 1학년 때 가야 할 복지관을 미리 정해 놓고 4년간 꾸준히 찾아가 눈도장도 찍고 프로그램에 적극 참여해야 하는데 자기는 못했다는 것이다. 조금은 의아했다. K 동생은 4년간 꾸준히 그 일을 하지 못했다. 취업하고 싶은 복지관에 관심을 기울이지 못했다. 생각해 보니 K 동생은 오지랖이 넓어 학년모임 총무, 취업동아리 운영위원 등 다양한 감투가 있었고 친구들의 온갖 대소사를 쫓아 다니고 이름도 처음 들어본 민간 자격증을 따느라 바쁜 4년을 보냈다. 어디에도 집중 못 한 4년이 지난 후 별 특색도 없이 취업시장에 나가니 받아주는 곳이 없었다.

가끔 업무상 사람을 많이 만나야 하는 일이 아님에도 불구하고 여기저기 명함을 돌리고 무의미한 만남을 계속하는 사람이 있다. 언젠가는 도움된다고 생각하며 돌리지만, 인맥의 깊이는 없는 것 같다. 이제 사회생활을 시작하고 인맥을 형성하는 청춘이라면 또는 인맥을 형성하였고 이제는 인맥 유지의 단계에 들어선 청춘이라 하더라도 눈도장에 들이는 시간을 아껴야 한다. 그 시간을 다 보내고 나면 정작 인맥도 남지 않고, 시간도 버리게 된다.

　　어차피 인맥 관리도 본인이 한정된 시간과 관계 내에서 선택과 집중을 해야 한다. 그러나 가끔 넓은 관계와 깊은 관계를 헷갈리는 청춘들이 있다. 흔히 얘기하는 마당발은 넓은 관계를 의미하지 깊은 관계를 맺은 사람에게는 마당발이라는 단어를 쓰지 않는다. 간혹 많은 고객 군을 형성하고 있어야 가능한 세일즈맨이나, 불특정 다수를 통해 수익을 창출하는 청춘이 있다면 당연히 넓은 인맥 관리가 필요하다고 하겠다. 하지만 그게 아니라면 삶의 방향을 결정해야 하고 아직도 많은 고민을 해야 하는 청춘들에게는 언제 어디서든 힘이 되고 조력자가 되어줄 깊은 인맥관계가 필요한 것이다. 지금 청춘들에게 가장 좋은 인간관계를 위해 헨리 포드는 이렇게 말했다.

　　"성공의 유일한 비결은 다른 사람의 생각을 이해하고, 당신의 입장과 아울러 상대방의 입장에서 사물을 바로 볼 줄 아는 능력이다."

유권자의 표가 필요한 정치인은 시장에 나가 눈도장을 찍고, 친목회에 나가서 자기의 고객을 확보하려는 세일즈맨 역시 모두가 자신의 이야기를 하는 것이다. 상대의 입장에서 바라보는 것은 거의 없다. 시장의 상인들이 왜 먹고살기 힘든지, 친목 회원들이 현재 어떤 상품이 있어야 하는지 관심 없고 온통 본인을 홍보하는 데 시간을 보낸다. 청춘들 역시 이런 자세를 하고 있지는 않은가. 그간 내 주위에 있던 청춘들과 나 역시도 상대가 나에게 관심을 가져주길 위한 시간을 보냈지, 내가 상대에게 관심을 두기 위한 시간은 상대적으로 적었던 거로 기억한다. 하지만 이는 정치인이나, 세일즈맨이나, 지금 이 시대를 살아가는 청춘이나 모두가 갖추어야 할 중요한 자질 중의 하나이다. 여기서 청춘의 인맥을 위해 가장 중요한 1원칙을 다음과 같이 정의하자.

　'상대에게 순수한 관심을 가지고, 상대의 관심사에 귀를 기울여라.'

　이렇게 상대의 관심사에 먼저 귀를 기울이고 지내지만, 우리는 마찰을 피할 수는 없다. 내 뱃속에서 나온 자식도 내 마음대로 되지 않는데, 하물며 사회에서 만난 관계는 당연히 내 뜻대로 인간관계가 가능할까. 그래서 사람이 사회적 동물이라 일컫는 이유는 서로에게 양보도 해야 하는 것이고 유기적으로 이견 조율 및 합치를 통해 살아가라는 깊은 뜻이 있는 것이다. 하지만 사람이다 보니 그렇지 못한 경우를 많이 본다.

　TV에서 심야 토론을 시청하다 보면 서로 반대 진영의 사람들이 나와 서로의 의견으로 논쟁을 펼치는 광경이 벌어진다. 처음에 발언할 때는 상대방의 모든 상황을 이해하고 배려할 것처럼 말하고 행동하다가 어느덧 본인의 의견과 상충하고 반대되는 의견이 늘어나면 언성이 높아지고 예의도 잊은 채 침을 튀기며 상대를 비난하는 그런 모습 말이다. 우리가 눈도장을 찍으러 시장에 가거나 친목회에 나가서 나와 다른 생각과 의도를 가진 사람을 만나면 피하거나 싸우게 되는 현상과 비슷하다.

하지만 우리 청춘들은 이에 달리 접근하고 생각해야 한다. 상대와의 의견이 다르다는 것은 새로운 문제에 부딪히게 되는 걸 의미하며 이는 자신의 실수를 바로 볼 기회일지 모른다. 나아가 상대와 나의 의견을 합치한다면 서로 얻고자 하는 해답을 더 정확히 찾을 수 있는 상황이 된 것이다. 필립 K. 리글리(전 시카고 컵스 구단주)는 "사업을 하는 두 사람의 의견이 항상 일치한다면 두 사람 중 한 사람은 불필요한 인물이다."고 말했다. 여기서 우리는 청춘의 인맥을 위한 2원칙을 다음과 같이 정의하자.

'서로 다른 의견을 가지고 있다는 것에 감사하자.'

다시 친목회의 현장으로 가보자. 친목회에 참석한 세일즈맨은 회원들을 한번 둘러본다. 기존에 나에게 구매를 하였던 회원도 있고 아직 구매하지 않은 회원도 있다. 그리고 나에게 구매하지 않은 회원 중에는 경제적 여력이 없다고 판단되는 사람은 그냥 기본적인 눈인사로 대충 때운다. 이는 시장에 나가 있는 국회의원도 똑같다. 시장을 둘러보니 지난 선거 때 나를 지지했던 유권자도 있고 지지하지 않았던 유권자도 있다. 이번 선거 당선을 위해서는 지지하지 않았던 유권자를 끌어와야 하기에, 지난 선거에서 나를 지지했던 유권자는 대충 인사를 하고 넘어간다.

하지만 세일즈맨이나 국회의원이 가장 크게 실수한 부분이 있다. 그것은 상대를 미리 평가해 버렸다는 것이다. 상대의 현재 생각이나 달라진 환경도 모르면서 본인의 판단이 가장 정상적이라 착각하고 상대를 거기에 끼워 맞추는 어리석은 행동 말이다. 이런 행동은 상대의 오해를 불러오기 좋으며 결국 시간이 흘러 나의 적을 만들 확률이 높다. 내 판단보다는 상대 생각과 환경에서 고민하고 신중한 결정을 통해 자신의 의견을 표현할 수 있는 그런 고급스러운 청춘이 되어야 한다. 여기에 청춘의 인맥을 위한 3원칙이 있다.

'상대를 평가하는 습관을 버리자.'

이처럼 인맥이라 불리는 인간관계는 미로와 같이 매우 복잡하고 오묘하다. 많은 청춘이 이러한 미로 속에서 헤매며 서로 간의 관계로 고민하고, 괴로워하고, 때로는 슬퍼한다. 하지만 청춘들이 지금까지 살아왔고 앞으로 살아갈 세상에서 사람과 사이에는 필연적으로 갈등과 다툼이 존재하기 마련이다. 그로 인해서 우울, 불안, 절망 등을 경험하게 되는 청춘도 많이 발생할 것이다.

반대로 청춘들이 만족감과 행복감을 느낄 수도 있다. 서로 다른 사람과 신뢰하며 사랑과 애정이 깃든 시선을 교환하는 순간 행복하고 즐거운 시간을 보낼 것이다. 그러나 이런 즐거움과 행복감을 위해서 손쉽게 할 수 있는 상대와의 단편적인 관계나 일반적인 이해를 가져서는 안 된다. 지금까지 언급한 샐러리맨과 국회의원처럼 눈도장만 찍는 청춘에게는 쓰고 남은 시간만 돌아오기 마련이다. 이들의 사례를 반면교사로 삼아 우리 청춘들은 넓고 깊은 인맥을 형성하기 바란다.

〈청춘의 인맥 3원칙〉
하나, 상대에게 순수한 관심을 가지고, 상대의 관심사에 귀를 기울여라.
둘, 서로 다른 의견을 가지고 있다는 것에 감사하자.
셋, 상대를 평가하는 습관을 버리자.

02
진정한 인맥은 실력과 매력에서 나온다

대학생, 직장인들 모두 인맥 관리가 중요하다 말하며 그 부분에 상당히 많은 공을 들이고 있다. 각종 모임 참석은 물론이고 경조사도 챙기는 등 모두 열심이다. 한 설문에서 를 위해 직장인들이 가장 많이 활용하는 방법은 카카오톡 SNS 메시지와 문자 관리라고 한다. 온라인 취업포털에서 직장인 751명을 대상으로 인맥 관리에 대해 설문한 결과 47.8%가 현재 인맥 관리 중이라고 답했고, 관리 방법은 문자, 카카오톡 주고받기가 61%로 1위를 차지했다고 한다. 이 이유에서 그런지 버스며 지하철이며, 심지어는 걸으면서도 모두 '카톡질'에 여념이 없다.

어느 신문에 '카페인 우울증'이라는 기사가 헤드라인에 떴다. 나는 당연히 음료, 커피에 첨가된 카페인에 대한 부작용을 알려주는 기사라고 생각을 했다. 그런데 여기에서 카페인은 우리가 흔히 알고 있는 카페인이 아닌 대표적인 SNS 카카오톡, 페이스북, 인스타그램의 줄임말이었다. 각종 사진이나 본인의 글을 올리고서 주위 사람들이 '좋아요'나 댓글이 달리지 않으면 초조하고 불안해 하는 증상을 말한다. 그래서 '좋아요'를 자동으로 달리게 하거나 이를 사고파는 행위까지 성행하고 있으니 진짜 우울증에 걸리나 보다.

마찬가지로 주위의 결혼하는 지인들을 만날 때 가끔은 이런 고민을 이야기한다. 자기 친구들이 지방에 많이 살고 있거나, 학교 다닐 때 친구를 사귀지 못해서 결혼식 하객 아르바이트라도 써야 하는지 고민이 된다고 한다. 요즘은 친척이나 친구의 역할을 해주는 하객 아르바이트 사이트도 많이 존재하고 있다.

'왜 청춘들은 인맥 관리를 하고 있는데 진정한 인맥은 줄어갈까?'

우리 사회가 워낙 개인주의와 실리주의로 접어들다 보니 그럴 수 있다. 하지만 그것으로 해석하기에는 무언가 찜찜함이 남아있다. 과연 남들은 이기적이고 모두 자기 실속만 차리기에 나에게는 진정한 인맥이 없다고 말하는 건 너무 초라하다. 다른 누군가의 행동에 반응하고 맞장구 쳐주고, 기쁘고 슬픈 일에 내일과 같이 달려가서 감정을 나누어야 꼭 인맥이 형성된다고 믿는 생각부터 고쳐야 한다. 즉, 내가 하는 SNS와 경조사 챙기는 활동은 인맥을 견고하게 하는 여러 가지 수단 중 하나이지 인맥을 형성하는 데 있어서 목적이 될 수 없다. 즉, 진정한 인맥의 목적과 수단은 구분해야 한다.

인맥이라 일컫는 인간관계의 목적은 우리가 해결해야 할 주요한 과제들을 여러 영역의 사람들과 친밀하고 협동적인 인간관계를 통해서 우리의 삶을 풍요롭고 행복하게 만들어 나가는 일이다. 다시 말해 SNS와 경조사를 함께 하는 것이 전부가 아니고 이는 하나의 수단에 불과한 것이다.

주위를 둘러보라. 혹시 본인보다 경조사를 잘 챙기지 않음에도, 또는 다른 사람과의 소통인 SNS를 거의 하지 않는데도 항상 주위 사람들과 친밀하고 협동적인 관계를 형성한 청춘들이 많이 있을 것이다. 본인처럼 경조사에 무조건 달려가지도 않고, 댓글이나 '좋아요'에 불안해하지 않는 그런 청춘들 말이다. 이들의 공통점은 분명 이 청춘들이 가지고 있는 자신만의 실력과 매력이 있기 때문이다. 그렇다고 지인들의 경조사를 챙기지 말고, SNS 활동을 하지 말라고 이야기하는 것이 아니다. 그것은 어디까지나 부수적으로 당연히 해야 할 차선의 활동인 것이다. 그것이 전부가 아닌 실력과 매력을 갖추고 있다면 이런 경조사나 SNS에 덜 영향을 받을 수 있다는 것이다.

그럼 진정한 인맥을 위한 실력과 매력은 왜 중요한 것일까?

첫째, 실력은 사람들을 도와줄 수 있는 힘이기 때문이다.

우리나라는 농경 생활부터 이어온 여러 가지 좋은 풍습이 있다. 두레, 품앗이 등 서로의 노동력을 나누고 서로에게 도움이 되는 풍습이 지금까지도 이어져 김장철이 되면 다른 집의 김장까지 서로 도와주고 있으니 말이다. 요즘은 많이 사라졌지만. 여하튼 우리가 잘 생각해 보자. 기존에 마을을 형성하고 살 때는 그 안에서 노동력이 서로에게 도움을 주었다. 누군가에게 잘 보이거나 인맥을 형성하기 위해서가 아닌 순수하게 제공한 것이다. 그러다 보니 마을에서 결혼이나 상(喪)이 생기면 서로서로 도와주는 것을 당연하게 생각하였다. 이 풍습이 지금까지 이어져 주위 지인들의 경조사를 챙기는 활동이 아직도 남아 있는 것은 아닐까 추측된다.

하지만 요즘 결혼식장이나 상갓집에 가면 그때와는 많이 다른 모습이다. 그것은 바로 노동력의 차이이다. 지금은 축의금이나 부의금이 그 노동력을 대신하고 있다. 가까운 친인척 정도 되어야 추가로 노동력을 제공하지 지금은 기뻐하고 슬퍼하는 일과 함께 식사를 하는 정도의 시간만 들이면 된다. 예전의 노동력은 자본시장에서 얼마든지 돈이 해결을 해주고 있기 때문에 이제 지인들은 말 그대로 '손님'의 역할만 하면 된다. 이런 손님의 역할도 물론 중요하긴 하지만 이것은 인맥이 형성된 후 이어지는 활동이다. 즉 인맥이 유지되는 조건 중의 하나이며 인맥 형성을 위한 활동은 아니다. 그렇기에 우리 청춘들은 손님의 역할보다는 남들에게 도움이 되는 실력으로 인맥을 형성해야 한다.

이런 겉치레 도움보다 진정한 실력을 갖춘다면 주위의 인간관계는 자연스럽게 형성된다.

둘째, 매력은 사람의 마음을 흔드는 힘이다.
매력이란 사람 사이에서 특별한 관계를 만들어내는 마법과 같은 것으로 우리가 흔히 소개팅이나 낯선 자리에서 '생각보다 이 사람 괜찮은데?'라고 느껴본 적이 있을 것이다. 그리하여 상대가 무슨 얘기를 하고 어떤 행동을 해도 고개를 끄덕이게 하는 그런 마법 말이다. 그렇다면 이런 매력을 가진 사람은 어떤 공통점이 있을까.

그것은 바로 '진심 어린 관심'이다. 우리가 경조사를 챙기지만, 과연 진심어린 관심으로 그들에게 축하하고 위로를 하였을까, 아니면 얼굴 도장을 찍거나 최소한의 인맥을 유지하기 위해 참여를 하였을까. 물론 당연히 진심 어린 축하와 위로를 위해서 경조사를 다니는 많은 청춘이 있을 것이다. 하지만 진심 어린 관심 보다 인맥유지의 수단으로 다닌다면 이제는 그만해도 된다고 얘기해 주고 싶다.

내가 몇 해 전 부산에서 친한 후배의 결혼식이 있다는 소식을 들었지만 스케줄이 허락되지 않았다. 이에 마음을 쓰던 중, 그냥 봉투만 보내기가 미안해서 얼마 전 SNS에 올라온 후배 부부의 결혼사진 중에 가장 잘 나온 하나의 사진을 골라서 작은 액자 두 개를 만들었다. 그리고는 사내커플인 후배 부부에게 사무실 책상에 각자 놓고 행복한 결혼생활을 하라고 봉투와 함께 보낸 적이 있다. 그랬더니 만날 때마다 신경 써줘서 고맙다고 그 얘기를 몇 번이나 하는지 민망할 정도다. 내가 인사치레로 또는 인맥 유지의 수단으로 액자와 봉투가 아닌, 그 돈으로 조금 더 두꺼운 봉투를 보냈다면 과연 그 후배는 진심 어린 관심으로 느꼈을까.

얼마 전 한 사이트에서 친구끼리 주고받은 내용이 공개되며 화제가 되었다. 결혼을 앞둔 친구가 오랜만에 연락된 한 명의 친구에게 결혼식을 알리면서 본인은 친구가 없으니 무조건 참석해야 한다는 내용을 인사로 보냈다고 한다. 더불어 축의금 대신 그 비용을 다른 선물로 강요하기에 그 요청을 받은 친구는 진심 어린 충고를 했다고 한다. 축하에 대한 진심이 먼저이며, 축의금을 상대에게 강요하는 것은 예의가 아니며, 이렇게 인맥 관리를 하니 친구가 없는 것은 당연하다고 말이다.

우리 청춘들이 진정한 인맥을 형성하고 유지하고 싶다면 불필요한 겉치레에 시간을 빼앗기지 말고 본인의 실력과 매력을 키우는데 투자했으면 한다. 그럼 인맥은 자연스럽게 따라온다.

03
뒷담화의 유혹에서 벗어나자

서구와 달리 동양은 집단문화가 주를 이어왔다. 개인의 성공보다는 조직의 성공을 위해 일해야 하며, 나의 성공이 가족이나 사회에 이바지되어야 하는 것을 당연하게 여기며 지내왔다. 그러다 보니 가족이나 사회에서 대인관계를 어려워하고 이에 여러 불안증을 호소하는 사람들이 점점 늘어가고 있다. 궁금한 것이 있거나 불만이 있어도 대(大)를 위해서 소(小)를 희생하는 것이 너무나 일반화되어 있기에 속으로 앓고만 있는 것이다. 괜히 나섰다가 본인이 군중에서 외톨이가 될지 모른다는 두려움이 가장 큰 요인으로 작용한다.

그래서 조직에서 가장 먼저 하는 것이 나의 동료를 만드는 것이다. 학교에 들어가서도, 사회에 나와 회사를 들어가든 모임에 나가든 그 안의 모든 사람과 친해지는 것은 거의 불가능하다. 이렇게 형성된 무리에 들어가 서먹한 관계를 이어주는 것이 공통 관심사에 대한 이야기다. 스포츠, 취미, TV 등의 가십거리에 대한 이야기는 서먹서먹한 관계를 이어주는 가교 역할을 하기 마련이다. 이렇게 서먹한 군중들 사이에서 이제는 나와 친해질 사람을 고르게 된다. 나와의 공통 관심사가 많고, 내 의견에 상대가 무조건 지지하고 나 역시 상대를 신뢰하게 되면서 결국 A라는 친구가 나의 인맥이 된다.

여러 군중이 섞여 있는 조직에서 내 인맥이 생겼다는 것은 실로 엄청난 안정감을 가져다준다. 내 발언에 A는 거의 모든 것에 동의하고 지지를 해줄 것이고, 식사 때가 되면 나와 같이 밥도 먹어줄 것이다. 때로는 아직 인맥을 형성하지 못한 외톨이를 비교하며 자신은 인간관계를 잘한다고 속으로 자부할 것이다. 그렇게 시간은 흘러간다.

나의 인맥이 되어준 A라는 친구가 생겼지만, 시간이 흐를수록 어딘가 부족하다. 내 의견에 동의하고 나와 항상 같이하고 있지만, 사회에서 만나 그런지 속을 알 수 없다. 저 친구의 속을 조금 더 알 수만 있다면 우리는 더욱 친해질 텐데 말이다. 그래서 어느 날 용기 내어 내가 싫어하는 B라는 팀장에 대해서 어떻게 생각하는지 물어본다. 그랬더니 역시나 나와 마찬가지로 B 팀장을 정말 싫어했단다. 그래서 그렇게 B 팀장은 우리의 도마 위에서 난도질을 당하고 우리 둘은 더없는 '황금 관계'를 유지하게 된다.

지금 위에 나온 이야기는 학교나 회사에서 흔히 벌어지는 인맥과 뒷담화의 관계를 보여주고 있다. 어느 조직에서나 뒷담화를 한 번도 해보지 않았다고 자부하는 사람은 없을 것이고, 만약 있다면 당신은 진정한 외톨이거나 뒷담화의 주체자일 확률이 크다. 이렇듯 뒷담화에 자유로운 사람은 없을 것이다. 서로 친해질 수 있다는 유혹에 뒷담화를 하지만 치명적인 문제가 있다는 것도 알 수 있다.

그럼 왜 어느 조직이든 뒷담화는 없어지지 않을까? 또 왜 즐기는 사람이 나타나는 걸까?

그 이유는 바로 상대와 더 친해지고 상대에게 나의 지지를 더욱 바라는 마음에서 뒷담화가 발생하는 것이기 때문이다.

우리가 나의 지지도를 상승시켜 우월감을 입증하는 방법에는 두 가지가 있다. 나의 실력과 노력을 인정받아 조직의 공신력으로 상대에게 입증하는 방법이 있는데 이는 조직에서 승진과 승급, 포상 등을 의미한다. 또 하나의 방법은 반대로 상대의 실력이나 노력을 인정하지 않고 낮추어 비하해서 나의 우월감을 입증하는 방법이다. 이것이 바로 우리가 흔히 얘기하는 뒷담화이다. 정리하자면 우리가 어느 조직에서나 인정받고 지지받기를 원하지만 현실은 그렇지 못하다. 우수한 인재에 가려져서 항상 주변인으로 인정받을 수 있고, 때론 예전에 나보다 뒤에 있던 동료가 나보다 앞질러서 내가 뒤처지는 현실도 받아들여야 하는 것이 조직이고 현실이다. 이런 현실에서 나의 인정과 우월함을 입증하기 가장 쉽고 빠른 길이 뒷담화이다.

뒷담화를 생성하는 사람들은 그것을 인지하지 못한다. 본인이 '들은 것'을 있는 그대로 다른 상대에게 옮긴다고 생각을 한다. 하지만 실상은 다르다. 본인이 들었다고 '생각한 것'을 옮기기 때문에 처음에 본인이 사실에 대해서 '들은 것'을 상대에게 옮기는 것이 아니고, 본인이 그 사실에 대해서 '생각한 것'을 옮기게 되는 것이다. 그렇게 여러 사람을 거치고 거치다 보면 없던 사실도 가감하게 되고, 더 자극적인 설명과 묘사를 위해서 축소나 과장된 생각들이 첨가된다.

이렇게 뒷담화를 자주하고 재미있어하는 사람들은 나쁜 사람들이 아니라고 심리학자들은 이야기한다. 알고 보면 이들이 친사회적 사람이기에 한 사람의 나쁜 얘기나 정보를 빨리 다른 사람들에게 알려서 조직에 큰 피해가 없기를 바라는 착한 사람이라고 한다. 그래서 조직 안에서 도움이 될 정보를 널리 퍼트리는 착한 사람이라는 얘기다. 사람은 미워할 수 없다. 하지만 조직에서의 뒷담화가 돌게 되면 그 조직은 추진력을 잃게 되고, 나아가서는 학습능력을 방해하여 발전하지 못하는 조직이 된다. 그렇기 때문에 우리 청춘들은 뒷담화에 가담하지 않을 수 있도록 아래 두 가지만 기억하면 된다.

첫째, 소수의 힘이 집단의 연결고리를 끊을 수 있다.

우리가 어느 조직이든 뒷담화를 완전히 연소시켜 버릴 수는 없다. 두 명만 있어도 언제 어디서든 뒷담화가 가능하기 때문이다. 하지만 최소화할 수 있는 방법은 있다. 그것은 바로 지금 내가 귀로 듣고 먼저 끊어버리면 된다. 보통 뒷담화가 조직에서 퍼지는 생리 중에 하나는 뒷담화를 하는 송화자는 수화자가 이를 동의해주고 다른 곳으로 또 옮겨주기를 바라는 마음에서 시작한다. 즉, 내가 수화자가 되었을 때 귀로 듣고 끊어버리면 내가 송화자가 되지 않는다. 그럼 다른 수화자는 발생하지 않는 것이다. 간혹 재미있는 가십거리나 내가 평소에 탐탁지 않았던 사람의 정보라면 유혹에 흔들리긴 할 것이다. 하지만 상대에게 뒷담화에 대한 내용을 인지시켜주고 더 이상의 확산을 막는 것이 내가 속한 조직을 위하는 길이라고 생각해야 한다.

때로는 상대가 나보다 지위가 높거나 영향력을 가진 사람에게 뒷담화를 듣는 경우가 있다. 이럴 경우에는 상대에게 충고하고 끊어버리기에는 많은 어려움이 있다. 따라서 내가 할 수 있는 것은 그 정보가 더 이상 퍼지지 않도록 내가 끊어버리면 그만이다. 이것도 많은 용기가 필요하기 때문이다.

둘째, 뒷담화의 대상은 당신도 될 수 있다.

조직에서 뒷담화의 가해자가 언제까지 가해자일 수는 없다. 뒷담화의 속성 중 하나가 새로운 대상을 항상 원한다는 것이다. 더 자극적이고 새로운 대상을 찾게 되고 이 연결고리에서는 나나 상대나 누구도 자유로울 수 없다는 것이다. 뒷담화를 자주 하는 A라는 '빅마우스(여론주도자)'는 본인의 자극적이고 편집적인 얘기에 항상 재미있어하는 구독층을 형성하고 있다. 하지만 시간이 흐르면서 A라는 사람의 구독층들은 점점 자극적이고 획기적인 대상이나 내용에 대한 갈증을 느끼게 된다. 이에 A의 발언과 내용도 점점 수위를 올리지만 구독층들 사이에서 더 이상 A의 얘기는 흥미를 끌지 못한다. 이에 싫증을 느낀 구독층 내에서 a가 나와 A에 대해 이야기를 하기 시작한다. 새로운 대상이기에 신선한 소스와 다른 방향의 시선이 조직 내 군중들 사이에서 쟁점이 된다. 결국, a는 A의 뒷담화로 군중에 새 바람을 일으키고 A는 자신이 놓은 덫에 자신이 빠지는 상황을 겪게 된다.

오지랖만 있는 인맥이 아니라 진정 깊고 서로가 발전하는 인맥이 필요하다면 뒷담화는 적이 될 수 있다. 또한 뒷담화할 때는 잠시 통쾌할지 몰라도 후과(後果)는 엄정하다. 그리고 뒷담화하는 당신을 친밀하게 느낄 수 있지만, 결코 정직한 사람이나 신뢰가 가는 사람이라고 느끼지 않는다. 기억하라. 뒷담화를 듣고 말하는 순간 조직도 당신도 성장할 수 없다.

04
튀는 행동과 겸손 사이의 줄타기

순정만화에 꼭 등장하는 얄미운 캐릭터가 있다. 우리는 그런 캐릭터를 '사기 캐릭터'라 부른다. 남자라면 잘생긴 외모에 부자이고 공부도 잘한다. 더욱 놀라운 건 예의도 바르고 매너도 좋다. 모든 여학생의 사랑을 독차지한다. 이런 점 때문에 사기 캐릭터가 된다.

일상에는 없을까? 놀랍게도 있다. 고등학교 시절 서울대 법대에 들어간 친구는 운동도 좋아하고 주위에 친구도 많았다. 그리고 당시에는 귀한 휴대전화를 들고 다녔다. 그걸 자랑하거나 혼자 독차지 하지 않았다. 세상은 불공평하다 할 정도로 그 친구가 부러웠다.

도대체 이들은 실력과 매력을 어떻게 갖추게 되었을까?

흔히 강사 세계의 불문율 아닌 불문율이 있다. 다른 과정이나 강의를 들으러 가면 최대한 강사임을 티 내지 않으려 하는 것이다. 이는 강사라고 하면 대부분의 사람이 말을 잘할 것이니 발표를 무조건 몰아준다거나 지금 강의하고 있는 강사의 평을 듣고자 한다. 그런 부담감에 우리 스스로는 아는 사람이 없는 한 강사임을 드러내지 않으려 한다. 물론 사람에 따라서는 그 끼를 주체하지 못하고 매번 사람들이 모이는 자리에 가면 앞에 서려고 하는 분도 있다. 아카데미에서 주최하는 포럼이나 세미나 형태의 만찬 자리에서는 그 누구보다 적극적으로 인맥 활동과 분위기를 주도한다. 그 어떤 형태를 나타내든 그것은 사람의 성향 차이지 직업의 차이는 아니다.

　어느 모임을 가도 주도적인 사람들이 있다. 한 모임에서 주도적인 역할을 하는 사람들은 다른 모임에 가서도 동일한 역할을 하는 경우가 많이 있다. 능동적이고 적극적인 사람은 모임이나 조직에 항상 필요하며 분위기를 띄우고 자신을 희생한다. 그러면서 자기가 없으면 이런 분위기가 안 된다며 처음 본 사람들에게도 적극적인 참여를 유도한다. 하지만 때론 이런 사람들이 마냥 '적극적이고 능동적인 사람'이라고 평가를 받지 못하는 경우도 많이 있다. 간혹 '성가시고 도가 넘는 사람'으로 낙인이 찍혀 인맥의 장에서 공격을 받을 수도 있다. 자기의 무덤을 파는 꼴이 된다. 결국 '과유불급'의 한자처럼 너무 넘쳐서 가만히 있는 사람보다 못난 사람이 되는 꼴이다.

　하지만 우리나라는 이런 유형의 사람보다는 겸손한 사람이 더 많다. 겸손이 미덕이라 교육받고 자란 우리 청춘들은 같은 청춘들이 모인 클럽에서는 튀는 행동을 좋아하나, 기성세대와 어울리는 자리에서 튀는 행동은 별로 선호하지 않는다. 이는 어려서부터 '내가 선생님과 다른 의견이 있지만, 이것은 말하는 게 옳지 않아' 라고 생각하고 커왔기 때문이다. 다행히 최근에는 초등학교의 반장선거가 열기를 띄고 있으며 스피치에 대한 중요성을 인식하여 어려서부터 여러 의견을 잘 표출하는 것 같다.

'인맥을 생각한다면 튀는 행동이 좋을까? 겸손한 행동이 좋을까?

나 역시 이 질문에 깊은 고민을 했다. 결론은 둘 다이다. 즉 줄타기해야 한다. 특히 인맥을 형성하고 유지하면서 튀는 행동으로 주목을 받아야 할 시공간이 있고, 겸손을 보여줘야 하는 시공간이 따로 존재하기 마련이다. 기성세대들은 청춘들의 행동방식이 기존의 문화나 관례에 딱 들어맞기를 기대하고 강요한다. 하지만 청춘들이 사회적인 무언의 압박에 굴복하는 것은 청춘이 아니다. 때로는 전략으로 그들의 기대와 다른 결과를 가지고 튀어야 한다. 그것이 개성이다. 이 개성은 인맥을 더 풍요롭게 해주고 인생에서 즐거움을 선사한다.

하지만 무조건 처음부터 튀는 행동은 인맥형성에 도움을 주지 못한다. 기존의 인맥을 형성한 질서와 관념에 부딪힐 확률이 크기 때문이다. 따라서 처음에는 기존의 질서에 맞추어 행동하고 결정적인 순간에 튀어야 한다. 그렇다고 무조건 새로운 행동이 개성은 아니다. 조용한 행동도 상대가 생각하지 못한 타이밍에 펼쳐진다면 그것도 개성이다. 모두가 당황하고 우왕좌왕하고 있을 때 조용히 침착함을 잃지 않는 그런 모습 말이다.

그럼 어떻게 해야 줄타기를 능수능란하게 할 수 있을까?

첫 번째, 그곳을 관찰해야 한다.

자기가 가진 고유성이 중요하지만, 시공간의 특성을 이해 못 한다면 꼴불견이다. 처음 그 시공간에 들어갔을 때 어떤 성향이 필요한지 알아야 한다. 그러기 위해선 관찰부터 해야 한다. 이 과정을 무시한다면 무조건 가벼운 사람 또는 지독히 우울한 사람으로 찍힐 수 있다. 우선 관찰을 통해 이해부터 해라.

두 번째, 이중적인 면을 어느 정도 인정하자.

사람은 누구나 겸손과 튀는 성향 둘 다를 가지고 있다. 단지 비율 차이며 표출 방법의 차이다. 자기 성향은 무조건 튄다, 나는 다르니 겸손해야 한다는 극단적인 성향을 추구하지 말고 성향을 활용할 방법을 찾아보자.

세 번째, 나름의 필살기가 있다.

튀는 행동, 겸손한 행동 모두 필살기를 요구한다. 튀는 행동에서 악기를 다루거나 예상치 못한 힙합을 부른다면 강한 기억을 남긴다. 더불어 상갓집에서 고인에 대해 절을 할 때 어느 손이 위로 가는지 상주한테 무슨 위로를 보내야 할지 안다면 그것은 강한 기억을 남길 수 있다. 즉 필살기를 갖출 필요가 있다.

세 가지를 이야기했지만 그 적절한 시공간을 구분하기는 쉽지 않다. 서로간의 이익이 정해져 있지 않고 자유스럽게 인맥을 형성해야 하는 대학생의 경우도 그렇고, 특히 정형화된 회사생활이나 모임을 해야 하는 직장인은 더더욱 구분하기 힘들 것이다. 지나치게 튀면 마녀사냥식의 비난이 올 것이고, 무조건 겸손하기만 하면 주위 사람들에게 조용한 사람이나 아웃사이더로 불리게 될 것이니 말이다.

이는 인맥을 형성하는 단계에 따라서 달라질 수 있다. 간단히 서론, 본론, 결론으로 나누어 보자. 우리가 사람을 처음 만나서 인맥을 형성하기까지를 생각해 보자. 당연히 서론은 각자를 소개할 것이고, 본론은 서로의 관심사를 표현하거나 자신의 장단점을 교환하여 서로를 본격적으로 알아갈 것이다. 결론은 서로 서론, 본론을 통해야만 인맥을 형성하는 결정을 짓게 되는 것이다.

서론인 자기소개는 튀는 행동이 필요하다. 이 세상에 인사만 하고 지나치는 관계가 너무나 많다. 결국 이름을 알리기도 힘든 세상인 것이다. 중요한 것은 첫 인사 때, 나를 드러내야 하는 초기에는 임팩트 있는 자기소개가 필요하다. 즉 튀는 소개가 필요하다. 반면 본론으로 들어가 본인을 알릴 때는 오히려 겸손한 것이 도움이 된다. 특히 서로의 관심사나 장단점의 경우는 내가 판단하여 좋고 나쁨을 결정짓는 것이 아니고, 상대가 나의 장점을 느끼고 파악하는 것이 올바른 판단이기 때문이다. 내가 아무리 좋은 능력이 있어도 이는 상대가 알아줄 때까지 기다려야 하는 것이다. 본인이 먼저 자신의 장점을 강하게 어필하면 상대는 위축되고 반감을 사기 마련이다.

줄타기는 위태롭지만 한편으로 짜릿한 기분을 준다. 튀는 행동, 겸손 줄타기도 능수능란하게 한 다면 짜릿한 기분을 느낄 수 있다. 이 둘의 균형을 잡아 깊이 있고 의리 있는 인맥지도를 완성하자.

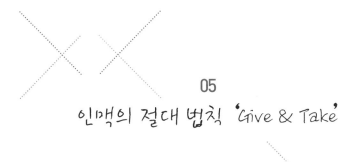

인맥의 절대 법칙 'Give & Take'

얼마 전 완결편이라고 출간된 『설득의 심리학』의 제목은 아마 대학생이나 직장인들은 한 번쯤 꼭 들어봤을 것이다. 나 역시 10년 전에 세일즈에 입문하면서 읽었던 도서이다. 그간의 세일즈 현장에서 몸으로 익혔던 내용을 이론적으로 잘 풀어냈던 기억이 난다. 그래서 아직도 그 내용들이 기억에 남는다. 그중에 가장 먼저 떠오르는 것이 바로 '상호성의 법칙'이다. 가장 한국적인 정서에 맞고 우리나라 모든 세일즈맨이나 매장에서 가장 많이 실행하고 있는 원리가 아닐까 한다. 귀금속을 사기 위해 매장에 들어가면 음료수를 먼저 준다든가, 보험 매니저들이 기존 가입자들에게 명절이면 김이나 식용유를 보내는 등의 행동이 모두 이에 해당한다. 우린 어려서부터 옆집에서 반찬을 얻어먹으면 결국, 또 음식을 해서 다시 갚는 등의 행위가 당연한 절차라 생각했다.

이 행위는 앞장에서도 언급했을 것이다. 우리가 상대의 경조사를 챙기는 것은 상대와 나의 인맥관계도 중요하겠지만, 상대가 나에게 얼마만큼을 주었느냐도 상당히 중요한 요소로 작용하게 된다. 그래서 우리 부모님들은 방명록을 확인하고 금액을 확인하고 상대의 식장이나 빈소를 찾게 되는 것이다. 결국, 상호성의 원리는 주고받고의 기본적인 원칙도 가지고 있지만 얼마만큼 상대와 같게 혹은 내가 더 받을 수 있느냐에 초점을 맞추고 있다.

『설득의 심리학』은 서양에 많은 관점을 두고 설명하고 있어서 결국은 흥정의 관점으로 내가 남보다 손해를 덜 보려는 경향이 있다. 즉 내가 두 개를 얻기 위해서 하나를 상대에게 먼저 손해 보고 '빚진 마음'이 들게 하는 법칙이다. 그래서 흔히 사회에서도 '가는 게 있어야 오는 게 있지!' 라고 하면서 제로섬인 'Give & Take' 를 주장한다. 영어로 의역하게 되면 '대등한 거래' 라고 표현할 수 있다.

하지만 위와 같이 인맥에 접근해 '대등한 거래' 를 하게 되면 분명 계산적인 사람으로 낙인이 찍히게 되고 혼자만의 삶을 살아가게 될 것이다. 좋은 인맥을 형성하고 유지하기 위해서는 '주는 것'에 신경을 써야 한다. 정확히 말하면 '주는 사람'이 인맥이 놓을 확률이 높다. 여기서 '주는 것'은 물질적인 부분도 해당이 되겠지만, 본인이 가지고 있는 앞서 이야기한 실력이나 매력, 그리고 감정적인 모든 부분까지 해당이 된다. 베풀면 부자가되고, 선행하는 삶이 보람을 느끼게 된다는 도의적인 부분을 이야기하려하는 것이 아니다. 아무것도 가지지 않으려 하고 무조건 베풀기만 한다고 인맥의 부자가 될까, 아니면 베푸는 사람을 쫓아다니면서 받기만 한다고 인맥의 부자가 될까? 당연히 양극단의 사람이 되어서는 안 된다. 적절하게 '주는 것'을 구사하며 사회에서 Give & Take를 해야 한다.

물론 우리가 실생활을 하면서 받는 것에 무뎌지고, 주는 것에만 신경 쓰기는 여간 힘든 것이 아니다. 가장 가까운 예로 나는 상대의 생일을 챙겨주었는데 상대가 나의 생일을 그냥 넘어가기라도 하면 섭섭하고 상대에게 실망감도 느끼게 된다. 그럼 꼭 인맥을 형성하고 유지하기 위해서만이 아니더라도 인생을 살아가는 데 있어서 가장 간단한 습관 하나만 가지면 마음이 편안해지는 것을 느낄 수 있다.

그것은 '받은 것은 기억하고, 준 것은 잊어버리기'의 습관이다.

그러나 흔히 얘기하는 '본전 생각'에 내가 준 걸 잊어버리기란 쉽지 않다. 하지만 분명 내가 준 걸 기억하는 순간 받을 걸 기억한다. 우리 청춘들은 언제부턴가 기념일을 챙기고 서로 선물을 주고받는 문화가 상당히 퍼져왔다. 거기에 이왕 상대에게 줄 선물이라면 상대가 원하는 선물이 무엇인지 물어보고 그에 맞춰 선물을 주면 된다. 그럼 또 상대는 그에 맞춰 다음 기념일에 선물을 준 상대에게 다시 되돌려주게 된다. 만약 둘 중 하나가 이 법칙을 깨버리면 개념 없는 사람으로 낙인이 찍힌다. 그래서 가끔 블로그나 SNS에 보면 '개념 없는 남자 친구의 선물', '개념 없는 프러포즈' 등이 심심치 않게 올라온다.

물론 이는 물질적인 주고받기의 활동이기에, 그리고 둘 사이에서 형성되는 활동이기에 무조건 잘못이라고만 치부할 수 없다. 하지만 인맥의 활동 관점에서는 전혀 다른 방향으로 보이게 된다. 상대에게 '나는 너랑 친해지고 싶으니, 너도 나랑 친해져야 해!' 라고 강요를 할 수 있을까. 또는 '나는 너에게 사랑을 줬으니, 너도 우정이 아닌 사랑을 줘야 해!' 라고 상대에게 당당하게 요구할 수 있을까. 또는 친해지자고 다가오는 사람이나, 나에게 사랑을 줬다고 이야기하는 사람은 순수하게 준 것일까? 여기서 예전부터 이어온 순수하게 주고 잊어버리는 쉬운 예가 있다.

바로 친구하고의 돈 관계이다. 내가 어렸을 적 어른들은 친구를 잃고 싶지 않으면 절대 돈을 꿔주면 안 된다고 했다. 그러면서 대신에 돈을 정 꿔주어야 하는 상황이라면 그 돈을 받지 않아도 될 만큼만 꿔줘야 한다고 했다. 그래서 혹시 그 친구가 돈을 갚지 않고 사라져도 돈을 찾기보다는 친구를 찾을 수 있게끔 말이다. 한데 꼭 받아야 하는 돈의 금액을 꿔주게 되면 친구보다는 돈을 먼저 찾으려 할 것이다. 그래서 돈 앞에서 가족이며, 친구를 배신하거나 나 몰라라 하는 사람들이 생기는 것이다. 만약 친구에게 돈을 꿔줘야 하는 상황이 온다면 내가 감당할만한 금액의 돈을 꿔주고 잊어버리면 된다. 그래서 친구가 갚는다면 좋고, 안 갚아도 친구는 잃지 않기에 인맥이 유지될 수 있다.

그렇지만 여기에서 주의해야 할 점이 있다. 그것은 바로 상대가 나를 가볍게 여길 수 있다는 단점이 포함되어 있다. 항상 주고 잊어버리는 나에게 언제 누구든 다가와서, 양의 탈을 쓰고 내가 가진 것을 빼앗은 뒤 늑대의 얼굴을 하고 도망갈 수 있다. 이들을 보통 우리가 '거절하지 못하는 사람' 이라고 분류한다.

이들은 항상 자신이 주위 모든 사람의 부탁을 들어줘야 마음이 편한 사람이다. 아마 앞장의 얘기에서도 거절하지 못하는 강사의 이야기가 나왔을 것이다. 이런 부류의 사람들은 보통의 사람 중에 받기를 좋아하는 사람들에게 이용당하기 딱 좋다. 그렇기 때문에 순수하게 주기 전 거절하는 용기도 가져야 한다.

이번 5장에서는 우리 청춘들의 인맥지도에 관해서 이야기를 해봤지만 주고받는 사람의 성향도 다 다르고, 현대 사회에서 올바른 인맥의 기준도 다 다르다는 것이다. 그래서 가장 많이 통용되는 내용으로 마무리하고자 한다.

〈탈무드의 인맥 관리 17계명〉

1. 지금 힘이 없는 사람이라고 우습게 보지 마라. 힘없고 어려운 사람은 백번 도와줘라. 그러나 평판이 좋지 않은 사람은 경계하라.

2. 평소에 잘해라. 평소에 쌓아둔 공덕은 위기 때 빛을 발한다. 있을 때 잘하자. '있을 때 잘할 걸, 있을 때 잘하지'라고 후회하거나 원망하지 말자.

3. 내 밥값은 내가 내고, 남의 밥값도 내가 내라. 남이 내주는 걸 당연하게 생각하지 마라.

4. 고마우면 고맙다고, 미안하면 미안하다고 큰소리로 말하라. 마음으로 고맙다고 생각하는 것은 인사가 아니다. 남이 내 마음속까지 읽을 만큼 한가하지 않다.

5. 남을 도와줄 때는 화끈하게 도와줘라. 도와주는지 안 도와주는지 흐지부지하거나 조건을 달지 마라. 괜히 품만 팔고 욕만 먹는다.

6. 남의 험담을 하지 마라. 그럴 시간 있으면 팔굽혀펴기나 해라.

7. 직장외 사람들도 골라서 많이 사귀어라. 직장내 사람들하고만 놀면 우물 안 개구리가 되어 직장을 그만두면 천둥벌거숭이가 된다.

8. 불필요한 논쟁, 지나친 고집을 부리지 마라. 사회는 학교가 아니다.

9. 회사 돈이라고 함부로 쓰지 마라. 사실은 모두가 다 보고 있다.

10. 가능한 한 옷을 잘 입어라, 외모는 생각보다 훨씬 중요하다.

11. 남의 기획을 비판하지 마라. 네가 쓴 기획서를 떠올려보라.

12. 조의금을 많이 내라. 사람이 슬프면 조그만 일에도 예민해진다.

13. 약간의 금액이라도 기부해라. 마음이 넉넉해지며 얼굴이 핀다.

14. 경비 아저씨, 청소부 아줌마, 음식점 종업원에게 잘해라. 그렇지 않은 사람은 경계하라. 나중에 네가 어려워지면 배신할 사람이다.

15. 옛 친구들을 챙겨라. 새로운 네트워크를 만드느라 갖고 있는 최고의 자산을 소홀히 하지 마라.

16. 너 자신을 발견하라. 일주일에 한 시간이라도 좋으니 혼자서 조용히 생각하는 시간을 가져라.

17. 지금 이 순간을 즐겨라. 지금 네가 사는 이 순간은 나중에 네 인생의 가장 좋은 추억이다.

CHAPTER 6

삐딱한 짓도
생산적으로 하자

자신이 잘하는 것 중 섬세함을 살려서 고고씽~

01
평생직업인, 샐러던트가 답이다.

이미 오랜된 말이지만 '평생직장은 없다, 평생직업만 있을 뿐' 시대가 변했어도 이 말은 여전히 유효하다. 전공을 4년마다 한 번씩 바꾼다 해도 속도를 따라가지 못한다. 새로운 기계가 나와 사용법을 배우고 있으면 또 다른 기계가 나온다. 이젠 공부하지 않으면 생존할 수 없게끔 세상이 돌아가고 있다.

이왕 삐딱한 짓 하기로 마음먹었다면 생산적인 일을 해보자. 조금은 지겹겠지만, 생산적인 일이 바로 공부다. 잠깐 여기서 개념을 정리할 것이 있다. 학창 시절에 공부는 정해진 공부였지만 성인이 된 상태에서의 공부는 다르다. 100% 내가 하고 싶은 공부를 할 수는 없으나 적어도 선택권과 주도권은 나에게 있다. 과거에는 정보유통이 빠르지 않아 위기감 전파가 늦었다. 그러나 지금은 위기감 전파가 빠르다. 오늘도 퇴근 후 나는 어김없이 일과를 스스로 치하하며 술 한 잔을 기울이고 있다. 직장이 있음에 행복하고, 월급이 나옴에 행복해야 하는데 항상 불안감이 나의 목 뒷덜미를 잡고 있는 이 느낌은 무엇일까. 한창 즐겁게 일해야 하고 미래가 창창해야 하는 30대 중반임에도 왜 이리 불안할까. 일에 비법이 쌓이고 잘할 수 있는데도 불구하고 퇴근 후 나는 왜 편안한 마음으로 있지 못할까.

이는 나뿐 아니라 나와 같은 청춘을 겪고 있는 사람이라면 동감하는 감정일 것이다. 직장인은 직장인대로, 사업가는 사업가대로 말이다. 사업가는 다른 사업가의 승승장구 소식이 들리면 불안할 것이고, 직장인은 나보다 나은 연봉 또는 승진 소식을 들으면 불안할 것이다. 그래서 공부하는 직장인이 많이 늘어나는 것이 현실이다. 직장인을 의미하는 Salaryman과 학생을 의미하는 Student의 합성어인 샐러던트(Saladent)라는 신조어가 생길 정도다.

대학을 졸업하고 대기업에 입사했건만, 공부라는 터널은 끝이 없다. 회사의 업무역량을 위해서 컴퓨터 자격증, 외국어능력시험 등이 승진시험에 포함되거나 각종 인사평가에 포함되는 경우가 많기 때문이다. 우리나라의 경우 전체 직장인 중 67%가 직장생활과 공부를 함께 하는 샐러던트라는 통계가 있다. 배움에 대한 열정과 의지가 대단하다. 미래에 대한 불안감 또는 때에 따라서는 승진을 위해 샐러던트가 증가하는 것은 당연한 현상일지 모른다. 어떠한 이유와 배경이든 이제 우리는 무덤까지 배우고 익혀야 한다. 그래서 이런 요구를 충족시키고자 회사 자체적으로 사이버강의에 대한 지원 또는 자기계발비 지원 등의 기업문화가 증가하고 있다.

샐러던트들도 모두 상황이 동일한 것은 아니다. 누군가는 10대 때 공부를 많이 해 노후를 위해 소일거리를 배우는 정도의 상황이 있을 수 있고, 누군가는 경제적 여유가 없어서 당장 더 나은 일자리를 위해서 이직을 위한 생계형 공부도 있을 것이다. 하지만 저마다의 사연은 다르겠지만, 이 모든 샐러던트에게 같게 주어진 환경이 있다. 바로 시간이다.

그 누구든 24시간이라는 시간적 제한은 동일하게 주어진다. 우리에게 주어진 24시간의 제한은 달리 말하면 내가 하고 싶은 모든 공부를 할 수 없다는 것을 의미한다. 그러다 보니 나는 누군가가 공부를 할 때 수단을 위한 공부는 하지 말라고 한다. 즉, 단기 과제를 수행하고 이루고자 하는 공부보다는 '평생의 즐거움'을 주는 공부를 하라고 조언하는 편이다. 평생 즐거움이 바탕 되지 않는다면 학창 시절 모두가 경험한 그 공부가 될 뿐이다.

90년대 중국의 탁구 스타 덩야핑이라는 선수가 있었다. 중국의 덩야핑은 1992년과 1996년 올림픽 여자탁구 단식과 복식 2관왕을 2연패 하면서 '탁구 마녀'로 불린 세계적인 탁구 선수다. 더불어 '세계 1위'라는 타이틀을 8년이나 지킨 선수이다. 우리나라 선수들과 자주 겨뤄서 30대 이상의 청춘들에는 한 번쯤 들어본 이름일 것이다. 어린 시절부터 운동밖에 몰랐던 그녀가 선수 은퇴 후 탁구 지도자의 길을 걸을 것이라는 모두의 예상은 빗나갔다.

영국의 케임브리지대학에서 경제학 박사 학위를 취득하더니 2010년 중국 인민일보 계열의 검색엔진사이트 '지커닷컴'의 CEO가 되었다. 이는 우리가 흔히 생각하는 운동선수의 길과는 거리가 멀어 보인다. 기자와의 인터뷰 내용이다.

"탁구와 박사 학위, 그리고 비즈니스 가운데 무엇이 당신에게 가장 어려운 일인가요?"

"세상에 쉬운 일은 하나도 없습니다. 하지만 안 되는 일도 없습니다."

이는 무엇이든 최선을 다해 배우고 공부한다면 불가능한 것은 없다는 것을 증명한다. 다시 말해 사람은 항상 성장할 수 있다는 가장 큰 장점이 있다. 실패해서 나락으로 떨어지든, 성공의 가도를 달리고 있든 어느 점에 위치해도 늘 성장할 여력을 가지고 있다는 것이다. 오히려 본인이 성공하고 최고의 정점이라고 생각하는 사고가 더 위험할 수 있다. 이는 배우고자 하는 욕구를 감퇴시키니 말이다.

나이를 떠나 배움의 즐거움이 있다면 삶에 대한 강한 의지로 늘 행복하게 살 수가 있을 것이다. 학교를 졸업하고 나면 누구나 공부는 끝났고 일하는 시기가 왔다고 생각한다. 배움과 일을 별개로 생각한다는 것이다. 즉 일한다는 핑계로 배움을 늘 게을리한다는 것이다. 배움을 게을리하며 회사 또는 학교에서 본인이 가장 뛰어난 인재라고 생각한다. 업무성과가 높다는 이유로, 학점이 높다는 이유로 본인이 가장 유능한 청춘이라 말한다.

하지만 괴테는 이렇게 말한다.

"가장 유능한 사람은 배우는 것에 가장 힘쓰는 사람이다."

우리가 알고 있는 성공한 사람을 생각해보자. 그들치고 공부하지 않는 사람은 없다. 단지 그것이 표면화가 '되었는지, 안 되었는지' 일 뿐이다. 어찌 보면 일하면서 공부하는 샐러던트가 가장 유능한 사람이라 생각된다. 아직 일과 학습의 이분법적인 사고가 남아 있는 상태에서 둘 다 병행한다는 것은 엄청난 절제와 의지가 필요하다.

100세 시대이다. 20~30대라면 아직 피부로 느낄 수 없는 숫자지만, 곧 닿게 될 시간이다. 물리적으로 긴 시간이라면 긴 시간이다. 이 긴 시간을 어떻게 보내느냐는 평생 공부하려는 자세와 습관 그리고 의지에 달려 있다.

공부하는 습관과 의지, 자세를 들이기에 지금이 가장 좋을 때다. 이유는 가장 젊을 때는 지금이고 실행하기 가장 좋을 때도 지금이다. 이 사실을 직시하고 대학생이라면 평생 공부할 화두를 만들고 직장인이라면 평생 직업을 위해 당장 무엇을 공부해야 할지 생각해보자. 항상 고민하고 실행하는 사람만이 평생 직업, 평생 일 할 수 있는 즐거움을 느낄 수 있다.

우리는 물음표를 가지려 하지 않는다. 오로지 정답처럼 느껴지는,

더 정확히 표현하면 착시현상을 가진 그 마침표에 연연하여

물음표를 던질 생각을 하지 않는다.

우리 다시 자신에게 물음표를 던져보자.

02
물음표가 많아야 느낌표가 많아진다

어렸을 적 누구나가 한 번쯤은 읽어 봤을 법한 에디슨과 관련된 책 중에 에디슨이 궁금증을 참지 못하고 달걀을 품었다는 사실은 누구나 알 것이다. 한데 내 주위에 그걸 해봤다는 사람이 한둘이 아니었다는 걸 알게 되었다. 이처럼 우리는 어렸을 때 무모한 실험들을 해 봤다. '슈퍼맨처럼 나도 날 수 있을까?' 라는 호기심을 참지 못하고 망토를 두른 채 소파에서 날아봤을 것이고, 또는 '밤하늘을 계속 쳐다보면 UFO를 볼 수 있지 않을까?' 라는 호기심에 여름밤을 지새운 적도 있을 것이다. 나 역시 어렸을 적 왕성한 호기심에 안 해본 것이 없을 정도의 시절을 보냈다.

요즘 아이들은 이런 호기심을 가지고 행동으로 실천하는 그런 무모한 학생들은 없다. 너무나 친절하게 인터넷 또는 방송에서 '날지 못합니다.', 'UFO는 없습니다.' 라고 자세하게 설명해주니 말이다. 더불어 학교나 가정에서조차도 '어떻게 될까?' 라는 학습보다는 '이렇게 된다.' 라는 결과주의에 입각한 교육이 이루어지니 말이다. 그래서 그런 것일까? 본인 문제에 대해서 답을 찾으려 하는 청춘들을 보면 답답하다. 묻지도 따지지도 않고 답만 찾는다. 어렸을 적 가지고 있던 그 호기심은 다 어디로 갔는지 한심하다.

학교에서의 흔한 동기부여를 서술해 보자. "공부 열심히 해라! 그래야 좋은 대학 간다. 좋은 대학 가야 취업이 잘 된다. 취업이 잘돼야 결혼을 잘할 수 있다. 결혼을 잘해야 행복하게 살 수 있다." 이렇게 말한다. 오죽하면 인터넷 유머 사진방에 어느 여자 고등학교의 반 급훈이 '30분 더 공부하면 미래의 남편 직업이 바뀐다' 일까. 그렇다고 회사는 다른가? 직장 상사들의 동기부여를 들어보자. "일 열심히 해야 한다. 윗사람이 하라는 대로 잘해야 한다. 그래야 승진도 빨리할 수 있다. 그래야 연봉이 올라간다. 그래야 부인한테 대접받고 편하게 살 수 있다." 거의 뭐 일차 방정식 수준이다. 내 친구가 다니는 회사에서 직장 상사가 늘 입에 달고 다니는 말이 있다고 한다. '실적이 인격이다' 라고.

학교에서 스승들이, 회사에서 직장 상사라는 사람들이 한다는 얘기가 모두 마침표로 끝난다. 나 역시 학교에 다니면서 '우리가 왜 공부를 해야 할까?' 라는 질문을 던지거나 답해주는 스승은 찾아보질 못했다. 회사 역시 별반 차이가 없다.

내가 5년 전쯤 한 경제연구소 사이트에서 재미있는 동영상을 보게 되었다. 정확히 표현하자면 재미있는 부호를 발견하게 되었다. 물음표(?)와 느낌표(!)가 겹쳐져 있는 부호를 접하게 된 것이다. 인터넷이나 여러 대화에서는 '?!' 이렇게 순서배열로 되어 있는 것은 보았지만 두 부호가 같이 겹쳐져 있는 모습은 처음 보았다. 바로 인터러뱅(?!)!!!

물음표(?)와 느낌표(!)가 하나로 합쳐진 모양의 인터러뱅은 1962년 미국 광고대행사 사장인 마틴 스펙터가 만든 새로운 개념의 문장부호다. 물론 그전까지 이러한 의미가 있는 부호들이 없었던 것은 아니다. 스펙터는 '수사학적 질문'과 '교차시험'이라는 뜻을 가진 라틴어 'interrogatio', 감탄사를 표현하는 인쇄 은어 'bang'을 조합해 '인터러뱅(Interrobang)'이라는 단어와 부호를 만들어 냈다. 그리고 이 부호는 어느 순간부터 창조의 아이콘으로 불리게 되었고 더불어 기존 질서를 파괴할 수 있는 부적처럼 나에게 다가왔다. 이 시대 청춘들은 저 부적을 늘 몸에 지니고 다니길 바란다.

청춘들에게 부탁한다. 기성세대들의 마침표를 따라가지 말자. 나에게서 시작된 물음표를 가지고 내가 찾아갈 수 있는 느낌표까지의 그 길을 걸어가자. 멀더라도. 험난하더라도. 그리고 때로는 정답이 아닐지라도.

우리가 지금은 너무나 잘 알고 있는 스티브 잡스, 피카소, 마크 주커버그, 뉴턴, 갈릴레이, 이순신 장군…. 그들은 기존 질서를 파괴해버리고, 열정적으로 실행하는 개척자였으며, 항상 새로운 꿈을 꾸는 이상가였다. 물론 그 당시에는 인터러뱅이라는 용어가 있지도 않았지만, 그들의 결과물 뒤에는 끊임없는 질문과 이 질문을 해결하는 과정이 항상 쳇바퀴 돌듯 인터러뱅이 살아 숨 쉬고 있었음을 짐작게 한다.

우리에게도 어렸을 적 호기심에 미쳐서 망토 입고 머리가 깨지기도 하고, 달걀을 품다가 겨드랑이에서 닭 냄새가 진동한 적이 있다. 그래도 좋았다. 왜? 내가 물음표를 가지고 그 결과가 어떻든 느낌표까지 내 발로 갔기 때문이다. 그런데 요즘의 우리는 이 물음표를 가지려 하지 않는다. 오로지 정답처럼 느껴지는, 더 정확히 표현하면 착시현상을 가진 그 마침표에 연연하여 물음표를 던질 생각을 하지 않는다. 우리 다시 자신에게 물음표를 던져보자. 지금 취업을 준비 중이든 회사에서 열심히 일하고 있든 잠시 내려놓고 나에게 물음표를 진지하게 던져보자.

'취업을 잘하려면 토익 공부나 공무원 준비를 하는 게 좋지.' 가 아니라
'취업이란 무엇이며, 내가 취업을 하려면 무엇을 해야 할까?' 라고 말이다.
'승진을 잘하려면 윗사람의 눈치 보고 하라는 대로 해야지.' 가 아니라
'승진이란 어떤 의미이며, 내가 승진을 하려면 무엇을 해야 할까?' 라고 말이다.

너무나 형이상학적이고 철학적이며 현실을 모르는 사람이라고 생각할 수 있다. 그러나 작가인 나조차도 토익 공부는 하지 않았어도, 윗사람과 숱하게 싸워 봤어도 취업 잘했고 승진 한 번 빠진 적 없이 지금까지 직장생활

11년 차에 남부럽지 않게 인정받고 잘살고 있다. 자랑하려는 게 아니다. 잘 찾아보면 주위에 허다하다.

이 이론은 너무나 간단하지만 우리의 인생을 송두리째 바꿔버릴 만한 부호이다. 우리가 지구에 발을 딛고 있으며 다른 동물들과 달리 더 나은 인생을 살아갈 수 있는 것은 자신과의 대화가 가능하기 때문이다. 내면과의 소통 말이다. 즉 내면과의 질문과 대답을 통해서 얼마든지 성장하고 얼마든지 발전할 수 있는 사람이다. 그냥 무심코 지내는 지금의 일상생활에서도 얼마든지 물음표를 던질 수 있고 느낌표를 찾을 수 있다. 그래야만 우리의 주체적인 인생에 한 발 더 나아갈 수 있다. 우리가 우리 내면과의 대화를 단절하게 되면 어느 순간 수많은 오해와 편견 속에 갇히게 되고 누군가가 정해놓은 마침표를 따라 마냥 걷게 되는 실수를 반복하게 된다.

인터러뱅의 물음표를 찾는 것은 생각보다 어렵지 않다. 그리고 인터러뱅의 느낌표를 찾는 것도 역시 어렵지 않다. 물음표를 찾게 되면 시간은 걸리고 과정이 어렵더라도 느낌표를 얻어낼 수 있다. 단, 물음표를 찾는 시야의 확보가 중요 하다. 다시 말해 많은 물음표만이 나에게 많은 느낌표를 가져다준다. 그러다 보면 어느 순간 남들이 들여다보지 못하는 오직 삐딱한 나만이 볼 수 있는 창조적 마크가 보인다. 인터러뱅.

03
삐딱한 생각이 돈을 버는 시대다

나는 20대에 내가 가진 돈을 해외여행에 써도 전혀 아깝지가 않았다. 여행만큼은 아무리 많은 돈을 써도 남는 게 있다고 믿었기 때문이다. 그 생각은 지금까지도 전혀 바뀌지 않았다. 여행가기 전 해당 나라에 대한 문화와 날씨에 대한 정보수집이며, 그냥 지나치는 공항과 비행기까지 모든 것이 나에게는 새로움으로 다가왔다. 특히 책을 보며 먹는 기내식은 정말 꿀맛이다.

그렇게 지내던 중 서울에 올라가 친구와 밥을 먹으려 하는데 특이한 개념의 식당이 있다고 소개해 주는 것이다. 그래서 호기심에 가보았는데 사람이 정말 많았다. 바로 기내식 형식의 식당이었다. 아마도 기내식에 대해 좋은 경험을 가지고 있는 소비층에게 인기가 높았던 걸로 기억이 난다. 특히 여행 떠날 때의 설렘이 되살아나서 그런 것은 아닐까 싶다. 비단 식당뿐만이 아니다.

겨드랑이 냄새 감별사, 브라질의 모기 연구원, 코끼리 트레이너, 해고 전문가, 사인 디자이너, 이혼부모 컨설턴트…. 거의 처음 들어보는 직업일 것이다. 이름을 들으면 알 수 있는 직업만 나열한 것이고 이름조차 특이한 직업은 너무 많다. 어쩌면 한국에는 존재하지 않는 직업도 수두룩하다. 아마도 특이한 식당이나 직업이나 모두 출발점은 평범함을 거부한 특이한 발상에서 시작되었을 것이다.

요즘 한 명의 자식을 낳아서 대학까지 가르치기 위해서는 몇억이 든다고 매스컴에서 떠들어댄다. 풍자하듯 고등학교 졸업 후 소파에 누워만 있어도 몇 억은 벌었다고 한다. 이렇게 열심히 키워준 부모의 은공도 몰라주고 취업을 하기 싫다고 하는 Y 씨가 있다. 대학교에서 시각디자인학과를 전공하고 취업을 미루고 있다. 아니 정확히 표현하면 취업을 하기 싫어서이다. 그래서 졸업 전에 진짜 하고 싶은 일을 해보자는 단순한 생각으로 2014년에 영상 제작에 뛰어들었다. 작업 초기, 한집에 사는 부모님은 방안에 틀어박혀 녹음에 몰두하는 Y 씨를 이해하지 못했다. 당연히 열심히 키운 아들이 매일 딴짓을 하고 있는데 이를 열심히 응원할 부모는 세상에는 없다. Y 씨가 하는 일이라곤 기존의 영상물에 내용과 딱 맞는 익살스러운 상황 설명과 애드리브를 더빙하여 1~2분짜리 코믹 영상을 제작하고 이를 유튜브에 게시하는 일이다.

재밌자고 만들어 올린 동영상을 사람들이 구독하기 시작하고 페이스북 팔로워 수가 50만 명을 넘기 시작했다. Y 씨를 주목하는 사람들이 늘어나고, 광고 등을 통해 수익이 생겨나자 가족들도 재능을 인정하기 시작했다. 거기에다 대기업에서는 콘텐츠 제작자 네트워크 '크리에이터 그룹'의 일원으로 계약을 맺고 매니지먼트를 받고 있다. 대기업 외주 광고업체 등을 소개하고 Y 씨가 협업하여 수익을 올리는 식이다.

재미로 시작한 일이 이제는 매달 수백만 원의 수익을 올리게 되자 취업을 아예 포기하고 직업으로 삼기로 했다. 새로운 직업이 탄생하는 순간이다. '패러디 더빙'이라는 장르를 개척하게 된 것이다. 이렇게 개척된 장르에서 Y 씨는 '더빙 크리에이터'라는 새로운 직업을 찾게 되었다. Y 씨는 2015년 3월 현재 대학교 마지막 학기를 다니고 있지만, 안정적인 직장에 취업하기 위해 고군분투하는 대신 '더빙 크리에이터'의 길을 걷기로 결심했다.

그렇다고 지금의 청춘들이 너나 할 것 없이 모두 새로운 장르를 개척하고, 새로운 직업을 찾아낼 수 있는 것은 아니다. 이것은 해변 모래에서 바늘 찾기랑 똑같다. 그렇다면 어떻게 해야 할까? 요즘 한창 뜨는 트렌드가 '먹는 방송'이다 보니 요리 프로그램이 우후죽순 생겨나고 있다. 이 많은 프로그램 중에 유독 눈에 띄는 프로가 있다. 유명한 연예인의 냉장고를 그대로 가져와 그 안의 재료를 가지고 여러 명의 셰프들이 요리 대결하는 것이다. 재료는 모든 셰프들에게 동일하지만 결과물로 만들어지는 요리의 작품과 맛은 천차만별이다. 냉장고의 재료를 가지고 셰프마다 고민 끝에 요리의 콘셉트를 잡고, 출연자가 좋아하는 음식의 유형을 파악하여 최상의 요리를 내놓게 된다. 그래서 그 셰프의 요리를 맛본 출연자들 대부분이 감탄을 하며 이런 말을 외친다.

"어떻게 제 냉장고의 재료를 가지고 이런 작품이 나오는 거죠?"

당연히 출연자들은 놀랄 것이다. 그들이 유명한 셰프이기는 하나 본인들이 느끼기에 냉장고 안의 재료는 값이 얼마 되지 않는 것 같은데 5성급 호텔에서나 나올법한 훌륭한 요리가 나오니 말이다. 이처럼 청춘에게 필요한 것이 바로 이 셰프의 마인드다. 지금까지 경험한 재료는 어떤 청춘이든 비슷하겠지만, 그 안에서 새로운 작품을 탄생시킬 수 있는 셰프의 기술 말이다. 당신이 지금까지 경험한 재료들은 특이해 보이지 않지만, 그것을 어떻게 조합하여 만들어 내느냐에 따라서 전혀 다른 작품의 요리가 나오게 된다. 즉 지금의 청춘들이 본인이 지나온 시간을 어떻게 다시 요리하느냐에 따라서 5성급 호텔의 요리도 될 수 있고, 인스턴트에 지나지 않는 요리도 될 수 있다.

이런 부분에서 삐딱한 것과 특이한 것은 많은 부분이 비슷하다. 특이한 식당이나 음식들을 생각해보자. 왜 기내식을 비행기에서만 먹어야 하며, 왜 라면은 햄버거처럼 먹으면 안 되는지 등의 삐딱한 생각이 결국은 특이한 식당이나 새로운 음식의 시발점이 되지 않았을까. 우리 청춘들 역시나 삐딱한 것을 특이한 것으로 생각하고 수용적인 자세를 가져야 한다. 음식에서도 새로운 것에 대한 퓨전이 존재하듯 우리 청춘들의 삶도 퓨전이 되어야 하고 새로운 것에 대한 시도는 당연히 해야 할 의무이다. 지금 우리가 먹고 있는 각종 퓨전 음식이며, 우리가 보고 있는 특이한 직업들 역시 처음에는 삐딱한 시선에서 새로운 도전이 있었기에, 지금은 평범한 음식이 되고 당연한 직업이 된 것이다. 이런 삐딱한 시선이 결국은 생산적인 창조로 이어지게 된 좋은 사례라 할 수 있다.

그렇다고 내가 좋아하는 대로, 하고 싶은 대로 한다고 그게 생산적인 창조로 이어지게 되는 것은 아니다. 당연히 몇 가지의 Tip이 필요하게 된다. 특이하지만 생산적인 창조로 이어지는 10가지 Tip을 알아보자. 이 10가지의 Tip은 요리든 직업이든 그 어떤 조건에도 공통으로 적용된다.

〈특이하지만 생산적인 창조를 위한 Tip〉

1, 특이하지만 논리가 있어야 한다.

2, 선택과 집중을 해야 한다.

3, 상대에게 신뢰를 얻어야 한다.

4, 특이함과 보편성의 균형을 맞춰야 한다.

5, 효과적인 메시지가 전달되어야 한다.

6, 특이함에 따르는 위험을 미리 제거해야 한다.

7, 상상을 현실로 그릴 수 있어야 한다.

8, 특이한 모험을 즐길 수 있는 용기가 필요하다.

9, 특이한 발상은 단순할수록 좋다.

10, 유행을 좇지 말고 자신만의 상품을 창조해야 한다.

누구보다 당당히 직업을 개척한 '더빙 크리에이터' Y 씨가 얘기한다.

"언제 인기가 떨어질지 모르기 때문에 불안한 마음은 있으나, 내가 가장 잘할 수 있는 일을 즐겁게 하고 있으므로 하루하루가 행복하다. 세상에는 다양한 삶의 방식이 있으며, 각자 인생의 정답은 스스로 만들어 가는 게 아닐까."

04
'낯섦'이 가져다주는 즐거움을 찾아보자

"사람은 누구나 익숙한 것을 좋아한다. 익숙한 것은 편안함을 주고 스트레스를 덜 주기 때문이다."

이 말에 동의하는가? 동의한다면 다음 질문에 답해보자.

"당신은 여행을 좋아하는가?"

여행에서 큰 상처가 없는 사람이라면 아마도 여행을 싫어하는 사람은 없을 것이다. 당신이 두 질문에 모두 동의를 보냈다면 무언가 앞뒤가 맞지 않는다. 여행은 익숙한 일이 아니다. 여행은 익숙한 걸 떠나는 작업이다. 익숙한 걸 떠나기 때문에 스트레스를 받아야 한다. 하지만 여행은 즐거움을 준다. 조금만 더 연결 지어 생각한다면 여행은 낯섦을 전제하고 있다. 낯섦을 전제로 하는 여행은 즐거움을 주는 일이다. 즉 낯섦은 스트레스를 받아야 하는 대상이 아니고 여행처럼 즐거운 일이다.

우리는 낯섦 만남이라 할 수 있는 이종접합(異種接合)에 열광한다. 같은 장르끼리 승부를 겨루는 것보다 이종격투기가 인기가 있고, 호랑이와 사자가 만나 태어난 라이거 탄생에 관심을 보인다. 인터넷에서도 이종접합에 열광한다. 인터넷이 탄생하고 나서 끝까지 살아남은 사이트가 두 가지 있다. 하나는 성인사이트고 다른 하나는 사주사이트다. 사주는 사람이 시간 관념을 파악하고 미래욕(未來慾)을 채우고 싶을 때 탄생했다. 그 역사는 장구하단 말 밖에 할 수 없다. 반대로 인터넷의 탄생은 1950년대지만 인류역사를 생각하면 극히 짧은 시간이다. 또한, 시간흐름 개념상 1분 1초를 달리는 인터넷과 사주는 이종분야다. 두 분야의 낯섦 만남은 오랫동안 지속하고 있다. 그만큼 낯섦을 통한 새로운 것의 창출은 인기가 크다.

사업가를 꿈꾸는 대학생 친구들에게 낯섦을 많이 경험하라고 말한다. 하지만 낯섦이라 하면 이상 하리만큼 일탈을 생각한다. 그리고 일탈에 필요한 '돈이 없다.', '시간이 없다.' 핑계를 댄다. 낯섦의 방법의 하나가 일탈이다. 하지만 꼭 일탈이어야 할까?

평소 힙합을 좋아했던 사람이라면 클래식을 듣고 액션영화를 좋아하는 사람이라면 로맨스영화를 보는 것도 낯섦이다. 자기계발서를 좋아하는 사람이 소설을 읽는 것 역시 낯섦이다. 즉 평소 익숙한 걸 떠나는 것 자체가 낯섦임을 기억하자.

이 낯섦이 청춘들에게 많은 기회를 준다. 우리가 알고 있는 밥버거, 전통차 프랜차이즈, 다용도 빨래걸이 특허 등 모두가 낯섦이 만든 것이라 할 수 있으며 대기업 틈에서 살아남는 기업을 만들어 고용을 창출할 수 있고 전혀 새로운 직업도 창직할 수 있다.

낯섦 앞에 나이는 무색하다. 아무리 나이가 들어도 낯섦을 적극적으로 수용하는 사람은 청춘이라 할 수 있고 나이가 어려도 낯섦을 거부하고 수성(守城)하려는 사람은 청춘이라 말할 수 없다. 그래서 필자는 낯섦 앞에 얼마나 적극적인지를 두고 청춘이라 부르고 싶다.

삼성 초대회장 이병철은 1980년대 그룹의 사활이 걸린 반도체 사업 결정을 앞두고 고심에 빠졌다. 반도체 사업은 첨단기술은 물론 자본, 환경, 국민적 인식 등 다양한 요소를 고려해야 하는 사업으로 70세가 넘은 고령인 이병철에게는 어려운 작업이고 삼성은 반도체가 낯섦 분야였다. 또한, 굳이 반도체 사업을 하지 않아도 유통, 전자로 탄탄대로를 걷고 있었다. 하지만 앞으로 10년을 생각한다면 반도체 사업은 국가 경제를 위해 필요했다. 이병철 회장이 답답한 마음에 일본에서 반도체 분야 권위자를 찾아갔다. 교수는 이병철 회장에게 안타까운 듯 조언한다.

"반도체 사업은 첨단 분야라 젊은 사람에게 맡겨라."

하지만 이병철 회장은 조언을 듣지 않고 반도체 사업을 선포했다. 삼성은 물론 대한민국에 낯섦 분야라 할 수 있는 반도체 사업을 직접 진두지휘해 첫 반도체 생산품이 나오자 바로 수출 길에 올랐다. 지금도 반도체는 산업의 쌀이라 불리며 우리나라 경제에 효자품목이 되었다.

낯섦은 위기(危機)를 준다. 하지만 누구는 낯섦을 위험(危險)으로 보고 누구는 기회(機會)로 본다. 기회로 본다면 청춘이라 말할 수 있다. 이병철 회장이 반도체 사업에 눈을 돌릴 때 그는 청춘이었다.

청춘을 판가름하고 낯섦에서 즐거움을 느끼고 조금은 삐딱하게 삶에 적용하기 위해선 어떻게 해야 할까? 먼저 관찰이 전제되어야 한다. 관찰에서 편견이 개입되지 않도록 해야 한다. 편견은 우리의 생각과 시야를 가린다. 편견 없이 관찰하기 위해선 틀림이 아니라 다름을 인정하고 관찰하자. 관찰하는 대상이 그런 행동을 하고 결정하는 데는 이유가 있다. 그 이유를 알아야 할 뿐 잘잘못은 판단할 사항이 아니다.

그리고 관찰했다면 개선사항을 찾아야 한다. 개선하는 작업이 바로 낯섦이 가져다주는 즐거움이다.

지금도 수많은 삐딱한 청춘들이 무언가를 개선하며 새로운 상품을 쏟아내고 있다. 세상은 청춘 사업가를 부르지만, 청춘 사업가는 10대도 할 수 있고 70대도 할 수 있다. 개선을 잘하는 사람은 관찰한 것을 관찰로 끝내지 않고 그것을 자신에게 투영시킨다. 투영시켜 관찰 대상의 장점이나 불합리한 것을 판단한다. 반대로 자신을 내려놓고 관찰 대상의 처지에서 생각해본다. 이렇게 하나둘씩 관찰과 투영작업을 통해 개선점을 찾아가며 낯섦이 주는 즐거움을 완성해 나간다.

이 작업에서 빼놓을 수 없는 게 제거하는 작업이다. 개선한다고 추가만 한다면 의미가 없다. 기꺼이 제거하는 작업도 있어야 한다. 투영시킬 때 제거할 대상을 찾아볼 필요가 있다.

낯섦은 눈에 보이는 개선이나 제거도 주지만 삶을 살아가는 데 신념을 주기도 한다. "우리는 철저한 리얼리스트가 되자. 단 가슴속에는 이루지못할 꿈을 갖자."라는 명언으로 수많은 청춘들에게 전설이 된 쿠바의 혁명가 체 게바라는 끊임없이 낯섦과 조우하며 자신의 신념을 지켜나갔다.

젊은 시절 오토바이 하나 끌고 친구와 칠레를 돌아다니며 빈민들과 한센병 환자를 보며 민중들의 삶을 만난다. 의사 자격을 받을 만큼 고등교육을 받은 그는 매일 같이 낯섦과 조우하며 혁명의 중요성을 꿈꾸고 그것을 실행하기 위해 포기를 모르는 삶을 살았다. 그리고 그의 사진과 정신은 21세기 수많은 청춘에게 우상과 같은 존재가 된다.

체 게바라가 청춘 시절 낯섦과 조우하지 않았다면 안정된 의사의 삶을 살았을 것이다. 하지만 치열한 혁명의 삶은 늘 낯섦의 연속으로 익숙함이 몸에 배여있다면 수많은 유혹 중 하나는 넘어갔을 것이다. 하지만 낯섦은 그에게 일상이었다.

> 낯섦이 주는 즐거움을 느껴보자. 행동하지 않고 익숙한 점이 적어 불안한 나날을 보내는 것 보다 행동하고 낯섦과 만나는 삶이 더 가슴 뛰고 설레이는 삶이다. 그런 삶이 당연하다고 여기는 사람만이 청춘이라 할 수 있다.

05
끼적끼적하는 메모가 책 쓰기로 진화한다

입사지원서, 자기소개서, 대학과제물, 기획서, 연애편지, 보고서, 사직서….

한글을 배우기 시작해 평생을 '쓰기'로부터 자유로운 사람은 없을 것이다. 직업상 쓰기가 '많다', '적다' 차이일 뿐 모두가 위에 나열한 쓰기를 해야 한다. 쓰기를 5세부터 배우기 시작한 사람도 20년이 흘러 자기소개서 쓰기를 두려워한다. 20년을 배웠어도 쓰기가 두려운 건 교육과정에 문제도 있지만 쓰기 자체가 어려운 일이기도 하다.

쓰기 행위는 단어를 선정하고 층위를 배열하고 논리로 구성하는 행위다. 모든 건 지식이 있어야만 가능한데 쓰기는 자신의 지식수준을 상대에게 보여주는 행위라 두려운 것 같다. 어느 논술 강사는 쓴 것을 보여주는 행위를 '내 지식의 알몸사진을 보여준다'고 표현할 만큼 쓰기는 두렵고 큰 용기가 필요한 작업이라 명명했다.

쓰기가 두렵다고 하지만 스마트폰을 갖고 있는 사람이라면 자신의 하루를 잘 관찰해보자. 쓰기를 얼마나 하고 있고 쓰기에 필수라 할 수 있는 읽기는 얼마나 하고 있는지 말이다. SNS에 자신의 하루를 올리고 블로그에 책 리뷰를 남기고, 맛집 평가를 올린다. 또 다른 사람의 글을 읽고 '좋아요', '싫어요'를 누르거나 칭찬, 위로의 글을 쓴다. 쓰기는 매일 우리 일상 속에 녹아있다. 단지 의식하지 않을 뿐이다. 하지만 A4용지 한 장 주고 "쓰세요!"를 주문하면 덜컥 겁을 낸다.

얼마 전 책 쓰기 관련 강의를 듣다가 문득 청춘들이 할 수 있는 최고의 삐딱한 짓이 책 쓰기가 아니겠냐는 생각이 들었다. 강의가 끝나고 생각을 공유하는 청춘들에게 "책 쓰기가 버킷리스트인 사람?" 하고 물었다. 7명 중 7명 모두 버킷리스트라 답했다. 몇 명은 '유럽여행', '군 생활 잘하는 법' 등의 계획을 세워놓고 있었다. 이어서 "언제 할 것인가?"라는 질문을 던졌다. 대답은 '20대 끝자락', '언젠가', '출산휴가 때'라 말했다. 조금은 실망스러운 대답이었으나 쓰기 자체가 어려운 일인데 그걸 엮어 책을 출간한다는 건 더 어려운 일이다.

모든 일이 그러하듯 두려움부터 없애야 한다. 지금 서점으로 가 보라. 하루에도 셀 수 없는 책들이 쏟아져 나온다. 신간 도서의 경우 하루에도 200권이 쏟아져 나온다고 하니 우리 주변에 알게 모르게 저자도 많다.

청소년들에게 꿈을 심어주는 책 『좁은 문 앞에서』, 『10대도 행복 할 수 있다』의 조정제 작가는 두 권의 책을 24살 대학교 3학년 여름방학 때 집필했다. 그의 전공은 경제학으로 20대 초반에 출간한 책이다. 원고가 좋아 출판사에서 원고료를 주고 출간했다고 한다. 그는 집필 당시 자신의 10대 시절을 고민했으며 자신과 같은 실수를 하지 않기를 바라는 마음에 집필했다고 한다. 또한, 집필이 힘들 때 '멈추면 죽는다.' 라는 비장한 마음으로 했다고 하니 놀라울 따름이다.

조정제 작가가 청소년 책을 쓸 수 있었던 이유는 본인의 청소년 경험이 묻어 있기 때문이다. 자연스러운 책 쓰기라 할 수 있다.

누구나 조정제 작가처럼 책 쓰기를 꿈꾸지만, 한편으로는 책 쓰기가 어렵다는 것을 알고 있다. 그래서 관련 책을 보고 강의를 쫓아다니며 연구를 한다. 결국, 최고의 삐딱한 짓인 책 쓰기를 자연스럽게 할 수 있는 방법의 하나가 메모 활용임을 알게 된다.

메모는 원초적인 쓰는 행위다. 기억을 잡아두기 위해 메모하든, 생각을 정리하기 위해 메모하든, 아날로그 방식으로 메모하든 쓰는 행위는 같다. 이 메모를 특정한 주제를 선정해 SNS에 올리고, SNS에 올린 것이 일정한 분량이 된다면 책 쓰기로 이어질 수 있다.

이소영 작가의 『출근길 명화 한 점』이란 책이 있다. 저자는 블로그를 하고 싶었지만 어떻게 시작할지 몰라 막막해 하다가 2014년 봄 '네이버 포스팅' 이 등장하며 이곳에 글을 올리기로 마음을 먹는다. 저자의 전공이 미술이고 전시 해설 분야 일을 하고 있어 미술 관련 글을 올리기 시작했다. 어느 날 아침, 녹즙을 먹을까 고민하던 저자는 '내가 아침마다 무언가를 배달한다면?' 이라는 질문을 스스로에게 했다. 그때 저자 머릿속에 '아침! 명화 배달'을 떠올려 가벼운 마음으로 명화를 읽을 수 있도록 글을 연재했다. 바쁜 직장인들을 대상으로 재미있고 짧게 명화를 해석해준 것이다. 블로그에 이 연재 글을 모아 출판사에 투고했고 출간까지 이어졌다.

　육아도서로서 종합 베스트셀러 10위 안까지 오른 『군대 육아』도 저자가 블로그에 글을 올리는 것으로 시작했고, 보이스 컨설턴트 박지현 작가의 『4주로 끝내는 목소리 성형』 역시 블로그에 꾸준히 글을 올려 출간까지 하게 된 사례다. 특정한 주제를 가지고 SNS에 꾸준히 글을 올려보자. 일정한 분량이 된다면 다듬고 다듬어서 책으로 출간 될 기회를 노려보자.

　일반적인 책 출간 순서를 익히고 분량이 하루하루 쌓일 때 SNS에 올리는 방법을 택하면 된다. 일반적인 책 출간 순서는 주제 정하기, 제목 만들기, 목차 만들기, 출간계획서 작성, 초고 쓰기, 탈고, 투고, 계약 순이다. SNS에는 초고 한 꼭지를 완성할 때 올리는 방식을 택하면 된다. SNS를 적극 활용하는 전문 집필자들의 경우 원고 전체는 아니지만 매일 작성한 원고 일부를 독자들과 공유한다.

주제 정하기

　자연스러운 책 쓰기를 위해선 주제를 멀리서 정하면 안 된다. 대학생이라면 전공, 직장인이라면 일하는 것을 선택하면 좋다. 그것이 어렵다면 취미나 남들보다 깊게 공부했던 내용이 좋다.

제목 만들기

제목은 흥미가 기본이다. 쓰고 싶은 주제를 압축하면서 흥미로운 제목을 만들어야 한다. 제목을 만들기가 어렵다면 경쟁도서의 제목을 연구한다면 더욱 수월할 것이다.

목차 만들기

단행본의 경우 목차 안에 꼭지가 40~50개 사이이다. 책 주제에 벗어나지 않게 목차를 40~50개 만들어보자. 많은 독자가 목차를 본다는 사실을 기억하며 정성껏 만들어야 한다. 목차 만들기 역시 경쟁도서를 연구한다면 수월하다.

출간계획서 작성

일주일 동안 책을 쓸 수 있는 시간이나 자신의 생활방식 그리고 주제의 깊이, 사전 준비 및 공부시간을 고려해 출간계획서를 작성하자. 출간계획서 안에는 초고완성 기간, 출간 목적, 집필 각오 등 자유롭게 작성하고 마음을 다잡기 위해 눈에 잘 띄는 곳에 보관하자.

초고 쓰기

저자의 꿈을 가진 사람들이 초고 쓰기에서 많이 좌절한다. 어려운 작업은 분명하지만, 초고가 없다면 책이라 할 수 없다. 출간계획서를 짜고 출간 날짜를 맞추기 위해 절제하고 책 쓰기에 열정을 쏟아 부어야 한다. 단행본의 경우 통상 A4용지 기준으로 120장으로 본다. 장르나 주제에 따라 다르지만, 기본적인 원고량이 맞춰지지 않는다면 출간조차 어렵다. 한 꼭지 한 꼭지 쪼개듯 매일 집필하고 쪼개서 쓴 내용을 SNS에 올려 예비 독자들과 공유할 필요가 있다. 또한, SNS에 올리면서 스스로 마음을 다잡을 수 있다.

탈고

완성한 초고에 난맥이나 오타를 잡는 일로 원고를 조금 더 정교한 글로 완성한다고 생각하면 된다. 탈고 횟수가 많을수록 좋지만, 시간이나 체력 소모가 많이 들어가기 때문에 여러 요소를 고려해 자신에게 맞는 탈고를 하면 된다.

투고, 계약

책에 보면 판권 페이지가 있다. 판권 페이지에 있는 이메일을 확보해 정중한 자기소개와 출간 목적, 원고를 첨부해 투고하면 된다. 투고 후 출판사에서 연락이 온다면 계약이 이루어진다.

조금 더 자세히 책 쓰기를 진행하고 싶다면 서정현 작가의 『적자생존』을 참고하면 좋다. 다른 책 쓰기 책에 비해 자연스러움을 강조하고 있으며, 25년 내공을 가진 작가의 책 쓰기 기술은 마음을 울리기 때문이다.

최근 책 쓰기 열풍에 힘입어 곳곳에서 공저자 모집, 책 쓰기 교육과정,

책 쓰기 과외가 열풍이다. 책 쓰기 기술도 지적자산이라 교육할 때는 일정한 금액을 받는 것은 맞다. 하지만 말도 안 되게 비싼 가격을 부르거나 그 교육을 이수하고도 계약 못하는 사람이 부지기수다. 과정을 이수하거나 공저자 과정을 신청할 때 신중을 거듭하라고 조언하고 싶다.

책 한 권은 그 인생을 고스란히 담는 일이다. 하지만 많은 책 쓰기 코치들이 돈벌이에 혈안이 되어 '책 한 권이면 인생을 바꿀 수 있다' 고 외치며 공저자 모집이나 과정 이수를 유도한다. 일반인이 출판의 시스템을 모른다고 부리는 횡포라 할 수 있다. 이 문제에 대해 이원석 작가의 『인문학 페티시즘』을 참고하면 좋을 것이다.

생각을 정리하고 싶을 때 메모를 하고 메모를 디지털로 옮기며 책 출간을 목표로 삼아 SNS에 올리는 작업을 체계적으로 하자. 시작은 삐딱한 끼적임일지 모르지만, 그 끝은 평생 가슴에 두었던 버킷리스트인 내 이름이 들어간 책 쓰기가 될 것이다.

CHAPTER 7

청춘을 새롭게
디자인하자

꿈이 오지 않는다? 내가 가면 되지 뭐!

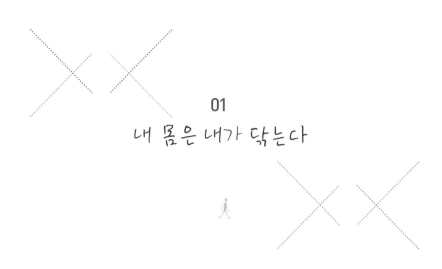

01
내 몸은 내가 닦는다

한 분야에 최고의 경지에 오른 사람을 명장, 달인, 베테랑이라 부른다. 업(業)의 관점에서 본다면 성인이 된 사람이라 할 수 있다. 우리 삶에서 직업 또는 일에 대한 화두는 벗어날 수 없으므로 한 분야에 최고의 경지에 오르는 일을 모두가 추구해야 한다.

한 분야의 최고 경지에 오르기 위해 일정한 물리적인 시간이 필요하다. 아무리 타고난 재능이 있어도 수련할 시간이 필요한 법이다. 스포츠선수, 연예인 모두 알게 모르게 무명 시절을 겪으며 연습하는 물리적인 시간을 보냈다. 그래서 '실력은 무명 때 쌓인다.'란 말이 있는 것 같다.

20대 김연아의 화려한 '갈라쇼'보다 10대 때 김연아의 엉덩방아가 많은 사람에게 울림을 주고, 모두가 부러워하는 스포츠카를 끌고 다니는 지금의 빅뱅보다 언제 데뷔할지, 중간에 누가 탈락할지 모르는 연습생 시절

빅뱅 모습에 감동과 박수를 보내는 것이다.

울림과 감동을 주지만 문제는 이 물리적인 시간을 보내기 위해 절제와 수신(修身)이 필요하다. 하지만 불투명한 미래를 위해 순간의 쾌락과 유혹을 뿌리친다는 건 참으로 어려운 일이다.

서양에선 전문가 경지를 오르기까지 '1만 시간 법칙'을 말했고, 동양에선 '직업주기론'으로 10년 차를 입문, 20년 차를 후학양성, 30년 차를 일가의 경지로 말했다. 동서양에서 전하고자 하는 시간 량은 다르지만, 일정한 시간은 필요하다는 공통점이 있다.

청춘 노릇을 거부하고 당당히 내 노릇 한다는 건 직업적으로 내 일을 한다는 것이다. 내 일을 하기 위해 일정한 수련기가 필요하고, 일정 수련기에 내 몸을 닦기 위한 절제는 동반되어야 한다. 내 일을 하기 위한 수련시간에 순간 충동을 참지 못하고 저녁에 술 한잔 한다면 그날 저녁 심지어 아침까지 영향을 받는다. 또한 '날씨가 좋아서', '친구가 불러서', '유행이라서' 핑계를 대면서 할 것을 다 한다면 내 일을 하기 위한 수련기는 없고 오직 남들을 따라가는 노릇만 할 수밖에 없다. 힘들더라도 절제가 필요하다.

내 일을 하기 위해 절제와 수련을 방해하는 것 중 세상이 만든 것이 있다. 바로 속도예찬이다. 젊은 성공에 박수를 보내고, 언론에선 그들의 삶을 대서특필 한다. 모든 청춘이 그렇게만 될 수 있다면 정말 좋은 일이지만 수백만 모든 청춘이 그렇게 성공할 수 없을뿐더러, 이른 성공에는 그걸 지키기 위한 더욱 큰 어려움이 따른다. 남들이 앞서 나갈 때 내 몸을 닦고 준비하는 절제가 필요하다. 이 모든 과정은 자신을 사랑하고 한 층 높은 자존감을 자신에게 주는 행위라고 할 수 있다.

2차 세계 대전 당시 독일 아우슈비츠 수용소를 비롯한 수많은 수용소에서 동물보다 못한 생활을 유대인과 소수민족은 겪어야 했다. 사진이나 영화에서 볼 수 있듯 수용소에 위생과 식량은 상상도 못 할 만큼 끔찍한 상황이었다. 마실 물도 부족한 상황에서 물을 쪼개고 쪼개 자신의 얼굴과 손을 씻는 막사가 있었다. 이 막사의 생존율은 월등히 높았다고 한다. 모두가 극한 상황에 몰렸지만, 자신을 닦았던 막사 사람들은 결국 살아남았다. 그만큼 자신을 사랑하는 건 말이나 생각으로 머물면 안 된다. 실천이 있어야 한다. 즉 내 몸은 내가 닦는 수신을 행동으로 옮겨야 한다.

말로만 자신이 '대단해!, 위대해!' 외친다면 전혀 그런 행동을 안 하는 사람보다는 좋겠지만, 말로만 외치는 것보다 행동하는 게 더 강한 수신이며 자존감을 지키는 것이다. 수용소에서 목마르지만 세수하는 물을 따로 빼놓는 것이 그러한 실천이고, 자신을 지켰다고 할 수 있다.

종합입시학원을 운영하는 33세 H 원장이 있다. 전속 선생님이 20명이나 있을 정도로 지역에선 규모가 큰 입시학원이다. H 원장이 젊고 규모가 큰 학원이다 보니 부잣집 딸로 오해를 받는다. 하지만 모든 걸 혼자 이루어 낸 인물이다.

13년 전 H 원장과 친구들은 대학교 1학년 겨울방학을 앞두고 맥주를 마시며 미래에 관한 이야기를 풀어나갔다. 모두 평범한 여대생이었고 경제적 자유에 대한 이야기로 흘러갔다. 부자 남편을 만날 가능성은 희박하고 경제적 자유를 얻기 위해선 스스로 무엇을 해야 한다고 결론 내렸다. 술자리 끝 무렵 모두 과외를 하자고 다짐하고 헤어진다.

다음 날은 눈이 펑펑 내렸다. H 원장은 친구와의 약속대로 과외모집 전단을 만들어 전신주에 전단을 붙였다. 그리고 친구들에게 전화를 걸었다. 그랬더니 "어제 술을 마셔서", "눈도 오고 추운데 감기 걸릴 것 같아서", "늦잠자서" 등등의 핑계가 쏟아 나왔다고 한다.

전단을 붙이고 며칠이 지나자 과외를 문의한다고 연락이 왔다. 과외 실력이 입소문 나자 소개에 소개를 물었고 목돈이 마련된 후 공부방을 차렸다. 그리고 지금과 같은 입시학원을 차릴 수 있었다고 한다. 운이 좋다고 생각할 수 있지만, 절제와 수련을 통해 한눈팔지 않고 꾸준히 한 분야를 팠고, 10년이란 물리적인 시간이 분명 존재했다.

그녀는 좋아하고 잘하는 일을 하고 있다 해도 때에 따라서는 싫어하는 일도 해야 한다고 말한다. 싫어하는 일을 해야 할 때는 자신의 다리를 손으로 붙잡고 일부러 한발 한발 현관문으로 끌고 가는 일을 한다고 한다. 방에서 현관까지만 가면 된다는 것이다. 특이한 행동이지만 이런 자기 절제와 수련이 있었기에 지금과 같은 위치까지 올라가지 않았나 생각한다.

우리가 사회구성원으로서 지켜야 할 규범은 이미 유치원 때 다 배웠다고 한다. 나머지는 직업을 갖기 위한 훈련의 연속이며, 직업을 위한 훈련은 평생을 함께한다. 이때 어떤 습관을 지니고 있느냐가 관건이다.

성인을 상대로 강의 일을 하다 보니 많은 학습자를 만난다. 모든 일이 그렇지만 강의에서 "'역시'는 '역시'다."란 말을 할 때가 있다. 어느 학습자는 사람 만나는 재미로, 또 어떤 학습자는 그냥 들어 볼까 하는 재미로 학습한다. 안타깝게도 딱 거기까지이다. 하지만 분명한 목적의식이 있고 목표가 있는 사람은 다르다. 그리고 목표한 바를 이룬다. 이 역시 절제와 자기수련이 동반되어야 한다.

사람은 습관의 동물이다. 습관은 관성의 법칙을 전제한다. 관성은 다시 돌아오는 행위로 규정할 수 있다. 다시 돌아오는 걸 끊기 위해선 물리적인 시간이 필요하다. 물리적인 시간을 투입할 때 절제가 필요하고 자기를 닦아야 한다. 그래야만 사회가 규정해버린 청춘 노릇이 아닌 내 노릇을 할 수 있다. 자기를 잘 닦는 사람은 자신과의 조우를 부끄러워하지 않는다. 쉽게 말해 고쳐야 할 단점을 객관적으로 받아들이고 고치기 위해 적극적으로 노력한다. 부끄러움과 만난다는 건 사실 많은 용기가 필요한 일이다. 끊임없는 자기혁명, 혁신을 외치지만 무엇이 문제인 줄 모른다면 혁명, 혁신은 성립 자체가 안 된다. 이 조우를 겁내는 사람이 타락의 길을 걸어가는 것이다. 아무리 주변에서 잘못되었다고 말해도 눈에 들어오지 않고 핑곗거리만 찾을 뿐이다. 결국, 시간이 배신하지 않듯 무너지고 만다.

중국 고전 『대학』에는 '수신제가 치국평천하(修身齊家 治國平天下)'라는 말이 있다. 내 몸을 내가 닦지 못하면 가정도 꾸릴 수 없고 큰일도 하지 못한다. 순간의 충동이나 쾌락에 자신을 걸지 말자. 평생 기록으로 남아 상처를 주고 꼬리가 따른다.
세상이 만든 틀을 벗어나야 한다는 건 누구나 알고 있다. 그리고 내 노릇을 해야 한다는 것도 알고 있다. 거기에 따른 자기수신이 있어야 한다. 내 노릇을 위해 절제하고 자기 몸을 스스로 지키자. 그리고 가정을, 나라를, 천하를 평화롭게 할 수 있는 인물이 되어 활력이 죽었다고 평가하는 사회에 활력을 불어넣는 사람이 되어야 한다.

더는 남들이 이끄는 표면에서 벗어나 내가 주인인 내면과 마주해야 한다.

지금 아무것도 이룬 것도 없고, 보잘 것 없는 과정을 보내고 있다고 생각하지 말자.

인생의 전환점에 자신의 목표와 꿈을 다시 한 번 생각하자!

02
청춘에 대한 정의를 다시 내리자

20대 초반으로 보이는 대학생이 화사한 캠퍼스를 거닐고 있다. 그때 말풍선이 터진다. "청춘은 도전이야, 뭐하는 거야. 도전해 봐!" 대학생은 도전을 시작한다. 하지만 처음 계획대로 되지 않자 잠시 숨 고르기를 한다. 또 말풍선이 터진다. "젊은 사람이 왜 이리 끈기가 없어? 다시 해 봐!" 다시 도전하지만 힘들다. 또 다른 말풍선이 계속 터진다. "청춘은 지치지 않는 거야!", "청춘은 실수를 용납해도 포기는 용납 못 해!", "젊은 사람이 험난한 세상 살 수 있겠어?", "청춘이⋯.", "청춘인데⋯." 이런 말들이 쏟아져 나온다. 대학생은 귀를 막고 도망간다.

얼마 전 본 『청춘이라는 죄』라고 하는 제목의 만화이다. 나 역시 청춘 관련 강의도 나가고 있고 책도 쓰고 있지만, 과연 지금 청춘들에게 어떻게 접근하고 공감해야 하나 늘 고민이다. 혹시 내가 하는 말이 속된 말로 꼰대를 세운다거나 모든 걸 일반화하는 오류를 범하지 않나 생각된다. 하지만 직업이 강사이다 보니 하고 싶은 말, 쓰고 싶은 글을 써야 하는 체질이라 자판을 두드린다.

『청춘이라는 죄』라는 만화를 보고 많은 생각을 했다. 강연시장이 커지면서 덩달아 청춘 관련 강의시장도 커졌다. 커졌다뿐이지 과거도 청춘관련 강의는 늘 있었고, 학교 선배가 고깃집에서 해준 조언들을 이젠 카운슬러들이 돈을 받고 해주고 있다. 중요한 건 과거에나 지금이나 카운슬러는 카운슬러 일뿐 해결책을 개척하는 건 당사자의 몫이라는 것이다. 결국, 대단한 카운슬러들도 동기부여만 심어줄 뿐 해결책을 제시하지 못한다. 또 일부는 청춘이란 타이틀을 활용해 돈벌이 수단으로 사용하기도 한다.

우리는 청년실신(청년+실업자+신용불량자)시대에 살고 있다. 졸업도 하기전에 신용불량자가 탄생한다. 이런 시스템을 가진 사회인데 누구 잘못이더 큰 것인지 우리 사회 전체가 생각해 볼 일이다. 안타깝게도 기업가 정신, 청년 정신을 운운하며 청년들의 잘못으로 몰아가는 추세 같다. 더 큰 문제는 그러한 문제를 덮는 데 급급한 나머지 출판, 언론 등에서 청춘의 잘못으로 몰아가는 문제점에 대해 적극적으로 목소리를 내지 않고 있다. 나 역시같은 시대를 살아가는 사람으로서 책임감을 느낀다.

청춘에 대한 정의도 많고 키워드도 많다. 그만큼 청춘을 무엇이라 정의하기 힘들다. 하지만 유명 카운슬러들이 정의를 내려주기 시작했다. '아프

니깐', '응축이 필요한', '멈춰야 한다' 등 정의를 내린다. 많이 배우고 유명 인사들이 말하는 것이라 고개가 끄덕거린다. 또한, 어느 아이돌 스타보다 대접을 받는 존재로 변화되었다.

나는 이들의 정의가 잘못되거나, 무조건 옳다고 생각하지만은 않는다. 이 정의를 수용하는 건 청춘 개인의 몫이다. 하지만 언론이나 출판, 흐름이 만든 정의를 거부하고 당당히 내 정의를 만들거나, 나에게 맞는 정의를 취사선택(取捨選擇)하면 된다.

얼마 전 대학생 앞에서 '도전하는 청춘' 이란 주제로 강의했던 강사 친구를 만났다. 확실히 청춘들이 예전 같지 않다고 고개를 흔들었다. 도전에 관한 성공사례를 말하고 결론에 '그러니까 청춘인 여러분도 도전하라!' 고 역설했다. 그때 누군가 손을 들고 질문했다.

"강사님 청춘들은 꼭 도전해야 하나요? 내실을 쌓는다거나, 같은 분야에 실력을 다질 수 있지 않나요?"

지인 강사는 처음에 당황했지만 노련하게 답하며 넘어갔다.

"멋진 질문입니다. 내실을 쌓고 실력을 다지는 것 자체가 도전입니다."

노련하게 넘어갔지만 속으로 놀랐다고 한다. 청춘 하면 도전, 다시 일어서기, 꿈, 가능성…. 이런 용어가 떠오르지만 내실과 실력은 생각지 않았다고 한다. 나는 그 대학생에게 박수를 보내고 싶었다.

청춘에 대한 정의는 없다. 또한, 그걸 사회가 내려주지 않는다. 유명한 카운슬러들이 해주는 정의는 정의가 아니라 하나의 주장일 뿐이다. 하지만 우리 사회는 그걸 당연하게 받아들이라고 주문한다. 주장일 뿐인데도 말이다. 어릴 때부터 우리는 교육을 받아야 했다. 교육만큼 우리의 가능성을 올려주는 게 없지만, 반대로 교육만큼 우리의 가능성을 흐리게 하는 것도 없다. 어른들이 하는 말을 당연하다고 배웠다. 정답이 정확한 문제면 어른들의 말은 맞지만 정확하지 않다면 나의 정의가 필요하다.

삐딱한 청춘도 이것을 말한다. 청춘이라 말하는 주장에 적극적으로 삐딱함을 타보자. 정의가 없고 정답이 없는데 무엇하러 눈치를 보는가 말이다. 다른 사람 눈에는 다르게 또는 틀리게 보일 수 있다. 이유는 서로의 주장과 수용하는 정의가 같지 않기 때문이다. 굳이 설득할 필요도 없고 설득당할 필요도 없다. 우선 나만의 청춘의 정의를 내리자. 이 작업을 해놓는다면 사회의 화려한 마케팅 속에서 자신을 보호할 수 있을 것이다.

나만의 정의가 있는 사람은 다음과 같은 생각으로 휘둘리지 않는 중심을 잡는다.

첫 번째, 본질을 이해하려고 한다.
본질은 숨어있다. 찾기 위해선 끊임없는 생각과 고뇌를 요구한다. 하지만 본질이라고 생각하는 걸 찾는다면 정의하기 쉽다. 본질은 원동력이고 뿌리다. 청춘 또는 지금의 나를 움직이게 하는 원동력이 무엇인지 끊임없이 고민해보자. 남들과 다르게 삐딱하고 특이하다면 최초 정의 내린 사람으로 명명할 수 있다.

두 번째, 참고만 할 뿐 전적으로 믿지 않는다.

유명인의 말이나 명언집의 정의를 참조만 할 뿐 전적으로 믿지 않는다. 그리고 권위에 눌리지 않는다. 마음속으로 외쳐라. '정의는 없다. 단지 주장만 있을 뿐.' 주장에 눌려 무조건 수용하지 않는다.

세 번째, 열풍을 객관적인 눈으로 본다.

유행이나 열풍에 자유로운 사람은 없지만, 맹신은 하지 않는다. 마케팅이 점점 고도화되면서 순수한 열풍인지 인위로 조작된 열풍인지 판단할 수 없다. 그것을 그대로 수용하고 지갑을 열고 있다. 열풍이 불 때 한 발짝 물러나서 지켜볼 필요가 있다.

세상에는 '청춘이란 이런 거야' 라는 주장이 넘쳐난다. 주장은 누구나 할 수 있기에 잘잘못을 가릴 필요는 없다. 단 그것을 수용하는 문제는 심각하게 고민해야 한다. 자칫 잘못 수용했다간 마케팅에 휘둘리고, 권위에 휘둘릴 수 있다. 이것에 저항하지 못하더라도 자신을 보호할 수 있어야 한다. 나름 청춘의 정의를 내려라. 그리고 그 주장이 옳다고 스스로 증명하고 여러 사람 가슴에 오랫동안 남는 주장을 펼치는 청춘을 보내자.

03
나만의 '고유명사'가 필요하다

내가 초등학교 2학년 학기 초의 일이다. 키가 작은 나는 맨 앞줄에 앉아서 정말 모범생처럼 수업을 듣고 있었다. 여느 때처럼 대답도 열심히 하고 발표도 열심히 하던 어느 날 담임선생님이 수업 중 갑자기 "수연이는 참 아는 게 많아, 꼬마 박사 같아!" 라고 반 아이들 앞에서 칭찬해 주셨다. 그 이후 반 아이들이 '꼬마 박사' 또는 '꼬박이' 라고 부르곤 했다. 그전까지는 이름 때문에 '장독대' 라고 불렸는데 말이다. 덕분에 난 꼬마 박사라는 타이틀을 유지하기 위해 항상 모범생처럼 행동하려 노력했다. 이렇듯이 학교 또는 직장 내에서 남들에게 불리는 별명이나 애칭들이 있다. 때로는 나의 이름보다는 별명이나 애칭이 더 친근하게 다가올 때가 많다.

같은 종류에 속하는 사람이나 사물 가운데 어느 특정한 사람이나 사물을 다른 것과 구별하기 위하여 고유의 기호를 붙인 이름이 바로 '고유명사'다. 별명도 그중 하나라 해도 무방하지 않을까 싶다. 나라는 개인을 다른 사람과 구별하기 위한 하나의 고유명사 말이다.

즐겨보는 '무한도전'이라는 TV 프로그램에서 갖가지 실험들과 게임들을 한다. 벌칙이 동반되는 경우도 많으며 생소한 경험을 하는 것도 많다. 이런 게임을 시작할 때 리더 유재석이 가장 먼저 부르는 사람이 박명수다. 유재석은 재치 있게 "고유명수 박명수 씨~" 부르며 가장 먼저 시킨다. '무한도전'에서 박명수는 어떤 실험이든 벌칙이든 제일 먼저 실행하는 고유명사가 되어 버린 것이다. 박명수도 툴툴거리긴 하나 챙겨주는 게 싫지 않은 듯 제일 먼저 나와 게임에 임한다. 그래서 같은 팀원들 역시 제일 먼저 행하는 사람은 박명수라는 것을 무의식적으로 인지하고 있다. 우리 역시 대학교에 다닐 때 사회자가 필요하거나, 또는 회사에서 축구를 하는데 선수가 필요할 때 누군가를 떠올리게 된다. 이렇게 개인이 가지고 있는 특성들을 개성이라 부르고 그 개성에 따라서 각자의 고유명사를 가지게 된다.

그렇다면, 청춘들에게는 자신을 다른 사람과 구분해 주는 고유명사가 있는가? 우리의 삶을 영화라고 가정해 보자. 누구나가 주연 역할을 하고 싶겠지만 수많은 배우 중 주연은 하나 또는 둘이다. 나머지는 모두 조연의 역할을 해야 한다. 수많은 스포트라이트를 받는 시상식 등에서 주연들이 돋보이겠지만, 영화에서 더 많은 수를 채우고 있는 것은 조연들이다. 그렇다. 몇 해 전부터 '신스틸러'라는 단어가 나오면서 많은 조연이 재조명받기 시작했다. 즉, 주연은 아니지만 주연만큼 빛나는 명품조연 말이다. 그들의 인터뷰 내용은 하나같이 비슷하다. 주연은 아니지만, 역할에 충실해지려 고민하였고 영화에 큰 도움이 되기 위해서 노력했다고 말이다.

이런 신스틸러라 일컬어지는 명품조연들은 장점도 많다. 주연은 영화나 작품의 수가 한정되어 있지만, 이들은 많은 작품에 얼굴을 보일 수 있고, 본인만의 영역을 정확하게 구축하고 있다. 조폭, 가정부, 선생님, 의사 등의 역할에서는 그 조연 배우가 떠올려지고 그 배우가 나오게 되면 영화의 흐름에 몰입도도 높아질 수 있다. 때로는 신스틸러로 유명해져서 결국은 주연까지 꿰차는 배우도 심심치 않게 나온다. 이렇게 자신만의 고유명사를 가지고 있고 항상 발전하는 사람들을 그냥 바라보기만 할 것인가. 우리도 자신만의 고유명사를 가지려면 두 가지만 기억하면 된다.

첫째, 타인의 평가에 의존하지 말자.

인간은 사회적 동물이라는 표현에서도 보이듯, 사람은 혼자 살 수 없다. 항상 옆에 누군가가 있고 그들과 같이 살아가기 마련이다. 그러다 보니 여기저기서 나를 바라보는 시선이 눈에 들어오고 나에 대해 말하는 것이 귀로 들리기 시작한다. 여기서 가장 큰 적이 나타난다. 바로 외부의 평가와 타인의 시선을 의식하게 되는 것이다. 지금의 청춘에게는 조직으로부터 자유로워지는 기술을 가지기란 너무 어렵다. 오히려 조직에 녹아드는 기술보다 더 어려워할 수 있다. 그렇기에 더욱 값진 기술이라 할 수 있다. 타인의 평가에서 자유로워지라고 해서 '아웃사이더' 나 '외골수' 가 되라는 말은 절대 아니다. 타인의 시선을 항상 눈으로 받아들이고 귀 기울여 소리를 들어야 한다. 다만 이것을 전부인 것처럼 또는 외부의 평가에 너무 의존한 채 나만의 개성을 억누르거나 숨길 필요가 없다는 걸 말한다.

흔히 명절날 어른들이 하는 말들이 있다. "이제는 나이도 찼는데 결혼을 해야지!" 또는 "너도 이제 좋은 대학 가야지!" 라고 말이다. 청춘에게 결혼이 언제부터 나이 들면 무조건 해야 하는 통과 의례가 되었는가. 그리고 왜 좋은 대학에 입학하는 것이 당연한 일이 되었는지 아마도 기성세대들은 현재 본인들 주위에 있는 타인의 시선을 많이 의식하기 때문일 것이다. 흔히 '남들 눈도 있는데' 라는 속마음이 내포되어 있다. 여기서 두 번째 요소가 결정된다.

둘째, 내면의 소리에 귀를 기울이자.

주위에서 나를 평가하고 들이대는 잣대인 대학의 조건, 취업의 조건, 결혼의 조건 등에서 멀어지고 내 가슴에서 나오는 소리에 귀를 기울여야 한다. "내가 원하는 것은 정말 무엇인가?" 라는 질문을 스스로 해야 한다. 내가 살아가는 인생을 외부에서 답을 찾으려 하지 말고 가지고 있는 답을 찾아내야 한다. 이미 내면에는 답을 가지고 있다. 다만 이를 찾으려 하면 찾아질 것이고 노력하지 않으면 결코 찾지 못한다.

사람들은 더 많은 돈을 가지고 더 높은 직위에 오르면 행복해질 것으로 생각하며, 달리기 경주를 하듯 빨리 가려 한다. 그러나 남보다 잘하고 가진 것이 많다고 무조건 행복해지지는 않는다. 내가 진정 원하는 것에 귀 기울이고 나의 내면에 충실해질 때 삶이 충만해지고 행복감에 젖어들게 된다.

가끔 같이 일하는 강사들이 면담을 요청하고는 한다. 대부분이 현재의 회사생활이나 개인사에 행복감을 느끼지 못하고 고민을 말해 온다. 그럴 때 항상 마무리는 거의 비슷하다. "너만의 시간을 가져보고, 조금은 고독해져도 돼!"라고 말이다. 타인의 시선과 평가에서 벗어나 오직 나와 대면할 수 있는 그런 시간을 나에게 내주어야 한다고 말이다. 남들에게 내가 어떻게 비치고, 내 성과가 정말 탁월한지에 대한 타인의 평가 말고 내가 정말 원하는 것과 얼마나 일치율을 가졌는지 스스로 평가해야 한다. 이제는 남들이 이끄는 표면에서 벗어나 내가 주인인 내면과 마주해야 한다.

지금까지 말한 두 가지 이야기는 정말 어려운 일이다. 하지만 세상의 모든 청춘과 비교해서 행복한 삶이 아닌 내가 만족을 하는 나만의 청춘을 가지려 한다면 지금부터라도 당장 실행해야 할 두 가지 요소이다.

영어를 배워본 청춘은 고유명사와 정관사 'The'의 관계를 알 것이다. 흔히 태초부터 세상의 하나뿐인 고유명사에는 'The'를 붙이지 않는다. 일반명사에서 바뀐 고유명사에 대해서는 붙이게 되어 있는 법칙을 말한다. 우리는 태어날 때 모두 일반명사로 시작하지만 시간이 지나면서 누군가는 고유명사로 새롭게 태어나는 청춘들이 있다. 즉 그들은 더 이상 '청춘'으로 사는 것이 아니라 'The 청춘'으로 살아가고 있다.

> 인생이라는 한 편의 영화에서 신스틸러가 되고 싶지 않으신가? 그렇다면 타인의 평가에 연연하지 말고 내면의 대화를 중시하는 'The 청춘'으로 거듭나길 응원한다.

04
누구나 끝은 1인 기업가다

　'1인 기업', '프리랜서' 이름만 들어도 부러운 직업이다. 자기가 하고 싶은 일을 하며, 시간상으로 여유 있고 사람이 주는 스트레스를 받지 않을 것 같다. 삶의 주요가치가 '자유'라면 1인 기업은 확실히 부러운 직업이다.

　최근에는 연봉을 많이 줘도 저녁과 주말이 있는 삶을 보장하는 회사로 많은 직장인이 이직한다는 뉴스를 본 적 있다. 과거보다 '나의 시간'을 중요하게 생각하는 라이프스타일로 변화하면서 직장인들이 1인 기업을 꿈꾸고 있다.

　박근혜 정부 들어서 '1인 창조기업'이란 이름으로 정부에서 대대적인 지원과 언론소개로 많은 대학생도 1인 기업에 도전하고 있다. 이런 추세를 반영하듯 2012년 통계로 공식적인 1인 기업이 8만 개가 된다고 하니 3년 지난 지금은 얼마나 많은 1인 기업이 있을지 상상이 안 간다. 가히 1인 기업

열풍이라 할 수 있다.

　하고 싶은 일을 하고 시간상으로 여유 있는 1인 기업이라 하지만 주변 1 인 기업들을 보면 하나같이 주말도 퇴근도 없이 일하며 살아간다. 또한, 조 직이 주는 보호망이 없어 항상 긴장의 끈을 놓지 않고 활동한다. 건강한 삶 이면서 치열한 삶이기도 하다.

　『1인 기업이 갑이다』, 『1인 기업이 갑이다. 실전편』 시리즈를 펴낸 '윤 석일 1인기업연구소' 윤석일 소장. 그의 책에도 나와 있듯 자유의 대가를 톡톡히 치르고 있다고 한다. 당장 다음 달 수입을 알 수 없으니 불안하고, 자기계발을 하지 않으면 결국 사라질 수밖에 없다고 한다. 집필과 강연을 다니며 수입을 창출하다 보니 대중의 인지도와 인기가 필요하다. 새로운 책을 출간하지 않으면 대중에게 잊히고, 강의를 업데이트하지 않으면 강의 점수는 바닥이라 수입이 없어 다시 이력서를 쓸 수밖에 없다고 한다.

　윤석일 소장에 따르면 평일 낮에 카페에서 글을 쓰고 강연 준비를 한다 고 친구들에게 말하면 1인 기업이 부럽다고 한다. 하지만 칼럼 기고 마감을 못 지키면 돈이 입금 안 되는 답답한 그의 속마음은 아무도 알지 못한다고 한다. 그 역시 처음부터 1인 기업은 아니었다. 용접하고 산업용 보일러를 운영하며 배관을 정비하는 기능공 출신이었다. 하지만 자신의 능력을 최대 치로 사용하는 직업을 고민하다 집필과 강연을 하는 1인 기업으로 전환했 다. 전환과정에서 웃지 못할 사연도 많고, 눈물 흘릴 일도 많았다고 한다. 하지만 1인 기업 선택을 후회하지 않는다고 한다. 조직의 보호를 받을 수는 없지만, 자신의 능력을 최대한 발휘한다면 나이와는 상관없이 성공 가능성이 높은 직업이라 생각하기 때문이다.

윤석일 소장은 1인 기업이라 해서 무조건 조직 밖에 나와 자기사업을 하라고 말하지 않는다. 조직 안에서도 1인 기업이 가능하다고 말한다. 방법은 단순하다. 자신의 마음을 바꾸는 일이다. 즉, 몸은 조직 안에 있지만, 마음은 1인 기업 정신으로 일하라는 주문이다.

고용계약에서 갑과 을이 있지만, 갑과 갑의 관계로 생각하라는 것이다. 직장인 스스로 조직 안에 있는 독립법인(independent corporation)을 선포하고 활동하라는 주문이다. 필자는 경제활동 여부를 떠나 모든 사람에게 독립법인을 선포하라고 주문하고 싶다. 조직에 머물든 머물지 않든 우리는 결국 모두가 1인 기업을 해야 한다. 사회가 만든 청춘 노릇은 직장생활을 요구하지만, 직장 수명은 갈수록 짧아지고 있다. 짧아진 직장생활을 알면서 직장생활을 요구하는 이 모순을 우리 사회 전체가 고민해볼 문제다. 윤석일 소장이 말하는 독립법인 마인드가 배여있다면 짧아진 직장생활에서 감정 상처나 시간 낭비 없이 빠르게 다른 조직으로 옮길 수 있거나 확실한 아이템이 있다면 조직 밖 1인 기업도 가능하다.

자녀교육 전문가로 알려진 1인 기업가 최효찬 대표. 그는 일주일 중 하루는 퇴근하지 않고 온전히 밤을 새우며 독서를 한다고 한다. 콘텐츠 개발과 집필을 위한 그의 노력이다. 아무리 애사심이 강한 사람도 금전적 제공 없이 스스로 발전하라고 밤을 새우고 독서시킨다면 금방 불만을 터뜨릴 것이다. 하지만 1인 기업이기에 하는 것이다.

이런 마인드가 대학생 시절에 배여있다면 어떨까? 취업을 선택해도 분명 인정받을 것이고 사업을 한다면 시간이 조금 더 걸릴 뿐 성공할 수 있을 것이다. 1인 기업가는 사회가 정해준 코스를 박차고 나와 자신의 길을 가는 사람으로, 청춘 노릇 말고 내 노릇하고 싶은 사람이라면 1인 기업가 마음을 갖출 필요가 있다. 1인 기업은 기본적으로 다음과 같은 마음으로 일한다.

첫 번째, 자신이 가진 최대치 능력을 발휘한다.

1인 기업세계는 프로의 세계다. 어중간한 1인 기업은 생존할 수 없다. 실력의 차이는 시간으로 극복하지만 마음 차이는 스스로 잡아나가야 한다. 어떤 프로젝트가 맡겨지면 자신이 가진 최대치 능력을 발휘한다. 그렇기에 퇴근도 주말도 없다. 말 그대로 끝내야 끝나는 일들의 연속이다. 최대치 능력을 발휘해 빠른 시간에 끝내고 새로운 프로젝트를 실행한다.

두 번째, 자기 발전기와 자기 규칙이 있다.

조직의 보호를 받지 못함으로 감정 상처에 쉽게 노출되어 있다. 또한 상사나 관리자가 없어 자칫 흐트러지는 삶을 살아갈 수 있기 때문에 동기부여를 스스로 하고 자신이 만든 규칙을 지키기 위해 절제된 생활을 한다. 자신의 삶에 자기 발전기와 자기 규칙을 가지고 있는지 점검해 보자.

세 번째, 외로움을 당연히 여긴다.

1인 기업을 꿈꾸는 사람들이 외로움을 못 이겨 조직에 들어간다. 하지만 1인 기업에 외로움은 또 다른 기회다. 외로운 시간을 성숙의 시간으로 정립해 자기 내공을 쌓아간다. 내공은 실력을 말한다. 실력이 있다면 실력을 배우기 위해 사람들이 오히려 달려든다. 1인 기업들은 외로움을 당연히 여기고 실력을 쌓는 외로운 시간을 소중한 시간으로 기억한다. 외로운 시간을 스스로 만들어보자. 만약 못 견딘다면 스스로 실력을 쌓을 거리가 없는 것이다.

네 번째, 끊임없이 교학상장(敎學相長) 한다.

모든 1인 기업은 스승이 있다. 스승을 통해 세월을 아끼며 배운다. 반대로 일정한 실력을 쌓은 1인 기업은 모두 제자를 양성한다. 제자를 양성하는 목적은 후학 양성도 있지만 가르치며 배우는 교학상장 정신이다. 당신도 분명 남보다 한 뼘 이상 잘하는 것이 있을 것이다. 누구는 그것을 돈을 줘서라도 배우고 싶은 것일지 모른다. 1인 기업의 시작은 남보다 한 뼘 더 잘하는 것이다. 그걸 찾아 가르치며 성장하면 된다.

수많은 1인 기업들은 당연하다고 여기는 삶을 거절하고 자신의 길을 걸어간다. 자신의 길을 찾아가는 아름다운 길이지만 결코 아름답지 않다. 유혹, 절망, 좌절, 비난이 많다. 하지만 내 길이 그렇다면 기꺼이 걸어가는 게 1인 기업이다.

우리 삶도 1인 기업이지 않을까? 내가 가는 길이 삐딱하다고 절망을 주고, 다르다고 비난을 준다. 하지만 내 길이면 가야 한다. 수많은 1인 기업처럼 말이다. 그래서 누구나 1인 기업이고 그 끝 역시 1인 기업이다.

05
청춘은 속도보다 방향이 중요하다

지금까지 나는 이 책의 원고를 참 오래전에 계획했고, 장기간 집필하게 되었다. 처음 막연하게 의욕적으로 무조건 글을 쓰기 시작했는데 결국은 거의 6개월의 시간이 흐르게 되었다. 그냥 내 이름이 적힌 책이 한 권 있었으면 좋겠다는 열망에 쓰기 시작한 작업이 나도 모르게 한 권의 분량을 쓰게 되었다. 하물며 지금은 여름 휴가를 4월로 당겨서 탈고 작업까지 하니 이제는 슬슬 겁이 나기 시작한다. 그리고 머릿속에 이런 생각이 나를 괴롭힌다.

'혹시 출판사와 계약을 못하면 어쩌지?'
'주위에서 네가 무슨 책이냐며 비웃으면 어쩌지?'
'책 쓰고 강의한다고 회사에 미운털이 박히는 건 아닐까?'

하지만 나의 걱정과 우려는 다큐멘터리 영화 《파울볼》 관람 후 완전히 사라졌다.

영화 《파울볼》의 주된 무대인 고양 원더스는 2011년 9월 창단한 한국 최초의 독립야구단이다. 미국이나 일본의 경우 독립구단만의 리그가 따로 있을 정도로 활성화 되어 있지만, 한국에서는 고양 원더스가 최초의 독립구단으로 프로야구 1군, 2군에 진출하지 못한 선수들을 훈련해 프로구단에 입단시키는 비상업 목적의 기부구단으로 출범했다. 창단 당시 '열정에게 기회를' 이라는 슬로건 아래 프로야구 신인 선발에서 지명받지 못하거나 활동하던 구단에서 방출되는 등 좌절한 선수들에게 재기의 기회를 선사한 고양 원더스는 프로야구를 꿈꾸는 선수들에게 꿈의 구단으로 불리었다.

그러나 속을 들여다보면 익숙하다 못해 한때 유명했던 선수도 보인다. 한ㆍ미ㆍ일 3개국 야구 선수 출신 최향남, 국내 프로야구 신인왕 출신 김수경 등 화려한 경력의 프로야구 스타급 출신 선수들부터 전직 택배기사, 대리 운전기사, 헬스 트레이너, 코치까지 독특한 이력의 괴짜 선수들로 구성되어 '외인구단' 이라는 별칭을 얻으며 큰 화제를 일으켰던 고양 원더스는 사령탑으로 김성근 감독이 맡았다.

김성근 감독은 야구판에서 지옥훈련으로 정평이 나 있다. 하지만 김성근 감독의 지휘 아래 혹독한 훈련을 견뎌낸 원더스 선수들은 정기 리그가 아닌 번외 경기일지언정 2군에서 3년 동안 통산 90승 25무 61패라는 놀라운 성적을 거두어 내고, 실력을 인정받은 선수들은 속속 프로구단에 입단

되는 등 단기간에 눈에 띄는 성과를 얻어낸다.

그러나 기적과 같은 성적표를 받아 들고 다음 시즌을 준비하던 원더스는 결국 여러 사유로 해체를 결정하고 만다.

감동 실화를 바탕으로 한 야구 영화의 제목이 홈런이나 명승부의 타이틀도 아닌 경기 흐름에 별 영향을 주지 않는 '파울볼' 이란 단어를 선택하게 되었을까? 야구에서 파울은 투스트라이크 이후에는 카운트에 영향을 주지 않는다. 단지 투수의 좋은 공을 걸러내는 결과물 이거나, 빗맞은 타구가 바로 파울이다. 하지만 이렇게 보잘것없다고 생각되는 파울볼은 다른 중요한 의미가 담겨있다.

그것은 바로 '또 한 번의 기회' 라는 절실함이 묻어 있는 것이다.

투수가 삼진을 잡고, 타자가 홈런을 치는 것만큼 멋있는 장면은 없다. 하지만 투수가 늘 삼진을 잡고, 타자가 늘 홈런을 치는 것은 아니다. 때로는 아웃도 당하고, 때로는 점수도 주고, 부상을 당해 경기에 출전하지 못할 수도 있다. 원더스에서 야구 경기를 했던 선수들은 이런 삼진도 홈런도 아닌 파울볼을 통해 '또 한 번의 기회' 를 얻고 싶었다. 모든 선수가 프로에 가서 열심히 하고 싶지만, 인프라가 구축되어 있지 않은 상황에서는 다음 기회를 엿보며 꾸준히 노력해야 하기 때문이다.

우리 청춘들에도 이처럼 '파울볼' 이 필요할 때가 아닌가 싶다. 모든 청춘이 멋진 투수가 되어 삼진도 보여주고 싶고, 다른 청춘은 멋있는 헬멧을 쓰고 방망이를 휘둘러 큰 홈런을 치고 싶을 것이다. 하지만 사회라는 곳은 인프라와 모든 것이 제한되어 있다. 그래서 모든 청춘이 투수나 타자가 되어 프로가 될 수는 없다. 그렇다고 본인이 가지고 있는 꿈을 버려서는 안 된다. 나에게 언제 찾아올지 모르는 기회를 위해서 꿈을 버리지 말고 항상 연습하고 또 연습해야 한다. 해체 속에서도 꿋꿋이 선수들은 연습한다. 아마도 김성근 감독이 이런 말을 했기 때문일 것이다.

"야구는 끝날 때까지 끝난 게 아니다. 인생도 마찬가지다. 한순간도 포기하지 않으면 끝끝내 이긴다는 것, 내가 증명할 수 있는 건 그것뿐이다."

잠시나마 책 쓰기를 중간에 포기하려 했던 내가 부끄러웠다. 때로는 글을 쓰는 것이 누구한테 결과물로 보이는 것도 아니고, 그렇다고 누가 알아줘서 응원을 해주는 것도 아니니, 스스로 이게 뭐 하고 있는 것인가에 대한 후회가 종종 있었다. 더군다나 가족들과 행복하고 편한 휴가를 갈 수 있는데, 그것을 포기하고 도서관과 카페를 전전하며 글을 쓰는 이 작업은 정말 힘들었다. 하지만 그 순간마다 포기하지 않고 한 글자 한 글자가 모여 한 페이지가 되고, 한 페이지가 모여서 이렇게 어느덧 책 한 권의 분량이 되었다.

지금까지 나에게 속도는 별로 중요하지 않았다. 때로는 느리다는 얘기도 듣고, 때로는 속도를 올려보라는 주위의 채근도 있었지만 나에게 속도는 중요하지 않았다. 내가 가고 싶은 방향을 정하고 그 방향이 올바른 길이라면 나는 이렇게 천천히 걸어도 충분히 행복했다. 우리 청춘들도 지금 자신이 가고자 하는 방향에 대해서 고뇌하고 힘들다면 그건 너무나 정상이다. 다만 자신이 속도가 느리다거나, 남들의 빠른 속도를 비교하고 힘들다면 잠시 고개를 들어 본인이 가는 방향을 다시 한 번 점검해 보자. 그리고 그 방향이 틀리다면 다시 한 번 방향을 수정하고, 만약 방향이 맞으면 주위 속도에 너무 민감하게 반응하지 말고 가고자 하는 방향을 우직하게 가는 청춘이 되었으면 한다.

동시대를 살아가는 대학생, 취업준비생, 직장인, 한 집안의 가장 또는 안방마님으로 불리는 청춘들이 지금 멋진 투수나 타자가 아니더라도 너무 낙심하지 말자. 설사 프로라는 무대조차 밟아보지 못했다고 생각이 들어도 포기하지 말자. 멋진 타자가 되어서 홈런을 친다고 무조건 경기에서 이기는 것도 아니다.

지금 아무것도 이룬 것도 없고, 보잘 것 없는 과정을 보내고 있다고 생각하지 말자. 어차피 야구가 9회 말 투아웃부터라고 하듯이, 우리 청춘들의 인생은 아직 시작도 안 했다. 아직 홈런을 치지 못했더라도 꾸준히 연습도 하고 파울볼도 치면서 언제 다가올지 모르는 기회를 노리자.

내 청춘에서 이 책 쓰기가 나에게는 홈런도 아니고, 삼진도 아니다. 단지 지금 한 집안의 가장이자 회사에 몸을 담고 있는 청춘으로 하고 싶은, 더불어 할 수 있는 내 인생의 또 하나 연습과정인 것이다.

이 책이 나중에 '내 인생의 멋진 파울볼'로 기억되길 바라며…….

삐딱한게 어때서

2015년 07월 20일 1판 1쇄 인쇄
2015년 07월 25일 1판 1쇄 펴냄
지은이 ∣ 장수연
일러스트 ∣ 김현빈
발행인 ∣ 김정재, 김재욱
펴낸곳 ∣ 나래북 · 예림북
등록 ∣ 제313-2007-27호
주소 ∣ 서울 마포구 독막로 10(합정동) 성지빌딩 616호
전화 ∣ (02) 3141-6147
팩스 ∣ (02) 3141-6148
이메일 ∣ naraeyearim@naver.com

ISBN 978-89-94134-42-0 03810